戦争体験手記集

あこよ つまよ はらからよ

早乙女勝元 監修

青風舎編集部編

青風舎

戦争体験手記集

あこよ　つまよ　はらからよ

目次

I　兵士として従軍看護婦として【戦場体験】　7

朝鮮兵の斬首〔高橋國雄〕　8

上京して夜間大学／学徒出陣そして私的制裁という名のリンチ／ソ連参戦と初の実戦参加／朝鮮兵の斬首

予科練入隊と回天特攻隊〔中村惠一〕　22

予科練への志願／私的制裁／人間魚雷・回天への志願／光基地へ／大神基地での往復ビンタ／マインドコントロール

人権無視の軍隊と人道無視のシベリア抑留〔平野力〕　33

生きて帰って鯉／入隊そして制裁の日々／ソ連軍の侵攻そしてシベリアへ／収容所での日々／舞鶴へ

従軍看護婦は私を最後にしてほしい〔森藤相子〕　48

軍国少女の志願／戦時召集状／虎林陸軍病院／従軍慰安婦／逃避行と愛河タコツボ戦／拉古難民収容所での無惨な日々／八路軍の野戦病院

II　猛火に追われて【空襲・被爆体験】69

忘れまじ　東京大空襲〔星野弘〕70

向島生まれの三男坊／勤労動員／三月十日／焼死体の〝整理〟／空襲犠牲者の霊を背負って

今も想う東京大空襲〔岡田厚美〕86

その夜とつぜんに／雨霰の焼夷弾／一夜が明けて

孫に語り継ぐ三月十日〔寺田弘〕97

その日のこと／みな殺しを目的とした東京大空襲

千人針の思い出〔齋藤郁恵〕104

空襲で焼け出される／疎開先で／千人針の思い出

広島で被爆したわたしの家族〔榎本和子〕111

一九四五年八月六日／二人の妹の死／その後の家族のこと／戦後の暮らし／家族のお墓／体験を語ることについて

III 御国のために【学童疎開・学徒動員体験】 121

集団疎開の日々〔矢島綾子〕 122
一九四四年夏／一日目のその夜／大人への不信／おぞましい思い出

父の長髪〔白木恵委子〕 131
開戦／疎開生活／父の出征／敗戦そして東京へ

帝都の守りをお願いいたします〔小林奎介〕 141
軍国少年の誕生／福島・岩代熱海へ学童疎開／宿舎での生活／空腹とのたたかい／いじめ／帰京と大空襲そして敗戦

たたかいの日々そして青春〔高橋八代江〕 153
太平洋戦争に突入／学徒動員／軍需工場で／戦争の終わりを迎える／たった一度の集中講義

IV 手を結び地を這って【引揚体験】 165

六歳の記憶〔上田廸子〕 166
母ありてこそ／「満州」に渡る／天と地がひっくり返る／ぐらしかぐらしか／母の苦労と父の〝帰還〟

掠奪と陵辱におののきながら〔久保田智子〕176
敗戦の日／暴動の日々／「暴民」たちの襲撃／ソ連軍と八路軍の進駐／引揚時の誘拐危機
コノ　カマハ　モッテ　カエッタ　ホウガ　イイヨ〔上野崇之〕188
ひたすら釜山へ／引揚船を待ちつつ／オモニのことば
飢えと病に苦しんで〔鮫島幸治〕197
台湾での敗戦と弟の死／姉の話／引揚船の中で

V

戦時下の少年少女たち 209
少女の日々〔長田裕子〕210
子どもの仕事／軍歌
戦時下を生き延びて〔入交壽賀子〕220
敗戦の日／兄の死／戦時下の暮らし／空襲に追われて
子どものとき、戦争があった〔おちあい　みさお〕231
生きるために／闇米／草持参の調理実習／汽車通学と捕虜／空襲／終戦そして父の帰還／伝えたい平和の尊さ

あの戦争に翻弄されつづけて〔木崎智〕244
満州の電報局へ／徴兵検査・入隊そして敗戦／転々の日々／引き揚げを断る／あの戦争を忘れない

■

過去は未来のために……………早乙女勝元 259

I　兵士として従軍看護婦として——【戦場体験】

日本軍に土下座する中国人

朝鮮兵の斬首

一九四一年、日本大学夜間部の軍事教練の折の写真

高橋《たかはし》　國雄《くにお》
●一九二〇年十二月、宮城県栗原郡に生まれる。
●故人。

私は一九二〇（大正九）年十二月、宮城県栗原郡藤里村（現宮城県栗原市瀬峰）の下駄屋の四男として生まれました。姉二人兄三人に弟一人の七人きょうだいの六番目でした。

当時の履物はまだまだ下駄が主流で、都会も田舎も下駄履きが普通でした。革靴を履くのは軍人と警官と郵便局員ぐらいでしたから、下駄屋は繁盛していました。子どもの頃には私と弟の世話をする乳母がいました。母からお小遣いをもらっては近所の餅屋で大福を買って食べながら帰って来る途中、私はお釣りをポーンとドブに捨てていたそうです。そのたびに母から叱られていたそうですが、私には記憶がありません。次男と弟は勉強がよくできて二人とも数学で県知事賞をもらっていましたが、私がもらえたのはいつも「健康優良児」でした。子どもの頃から喧嘩強く、体力だけは自信がありました。

●●●上京して夜間大学に●●●

十三歳離れた長男が店を継いでいましたので、尋常高等小学校を卒業した私は、すでに東京で結婚していた次姉と、石川島造船に勤めていた次兄を頼って上京しました。姉夫婦も次兄夫婦も東京の城東区亀戸五丁目（現江東区亀戸三丁目）に住んでいました。私は姉の家に居候することになり、東京螺子というネジを作る会社に就職し、旋盤工として働くようになりました。

就職して二年目、次兄に「お前は大学を出たほうがいい。夜間部に通わせてくれる日立製作所に頼んであげるから大学に進学するように」と勧められ、日立製作所に就職することになりました。工場内に専門学校もありましたが、次兄の勧めもあって私は日本大学工学部冶《や》金《きん》学科の夜間部に入学しました。

こうして一九三八年から昼間は旋盤工として日立で働き、夜は夜学生として神田駿河台の日大工学部に通うという生活が始まりました。労働の疲れから講義の最中に居眠りすることもたびたびありました。

翌年になると、ヨーロッパではちょうどヒトラーによるポーランド侵略が始まり、第二次世界大戦の暗雲が全世界を覆い始めていました。当時の日本は中国大陸での戦争が泥沼状態となり、出征兵士が白木の箱に納められて戦友の手で帰ってくる場面をよく神田駅などで見かけていました。

しかし、ヨーロッパでの戦争が日本にまで及ぶなどとは夢にも思っていませんでした。中国との戦争といってもそれはまだ彼方の出来事でしたので、日曜日などには映画館に行って「オーケストラの少女」やジョン・ウェインの「駅馬車」やゲーリー・クーパー、チャップリンの映画を楽しんだり、オーケストラを聴きに行くゆとりがまだありました。

ところが、それから三年後の一九四一（昭和十六）年十二月、突如として真珠湾攻撃が開始され、米英を相手に太平洋戦争へと拡大した頃には洋画もなくなり、英語自体が「敵性語」として禁止されるようになりました。たとえば、スキーは「雪すべり」、スケートは「氷すべり」、野球もストライクは「よし」、ボールは「ダメ」などと何でも英語は禁止されたのですが、大学の講義だけは英語教育が続けられていました。海軍兵学校でも英語教育が禁止されそうになりましたが、校長の井上成美海軍大将が「自分の国の言葉しか話せない海軍士官が、世界中どこにあるか！」と一喝し英語教育を続けたそうです。

ちょうどその頃、すぐ上の兄（繁紀）が中国戦線に出征することになりました。私たち在京の兄弟だけで出征祝いをして門前仲町で別れました。

この兄は仙台にあった第二師団の重機関銃中隊として中支方面に派遣され転戦し、その後、ビルマのインパール作戦に従軍し、自分の中隊でたった二人の生き残りの一人として生還しました。

●●●学徒出陣そして私的制裁という名のリンチ●●●

一九四三（昭和十八）年十月、それまで徴兵猶予されていた医科系・理工系学生も徴兵されることになり、「学徒出陣」が始まりました。私も徴兵され、体格が良かったので甲種合格となり、横須賀市馬堀海岸にあった陸軍重砲兵学校に配属されました。

横須賀は海軍の拠点基地ですが、当時、陸軍には口径二〇㎝を超える巨砲は少なく、その発射のためには海軍のノウハウを習うしかありませんでした。ですから私たちも陸軍軍人として初年兵教育を受けたのですが、学科・実技は海軍の砲術将校が砲兵学校に来て教えました。

やがて私も噂に聞いていた厳しい私的制裁を受けることになります。特に私は大学生ということもあり、志願すれば特別幹部候補生として将校になれるコースが保証されていたのですが職業軍人になることには抵抗があり、拒否したために死ぬほど殴られました。

特に下士官たちからは「大学出のくせに！」と何かというとすぐに殴られました。水にぬらした皮のスリッパで殴られるのはまだましな方で、皮のベルトで殴られた時には口の中が切り裂けて、二週間以上汁状のもの以外は何も食べることができませんでした。

砲兵部隊での初年兵いじめはまだありました。大砲もライフル銃も砲弾を回転させて命中精度を高めるために砲身内腔に螺旋《らせん》が彫られています。その口径三〇㎝以上の要塞砲の内径にグリースをたっぷり塗った棒を数名がかりで砲頭から砲尾まで押し込んでゴミの付着を取り除き、グリースで錆びないようにするのですが、この棒の代わりに小柄な初年兵を砲尾から突っ込んで棒で押し出すのです。そうすると砲腔内の螺旋に沿ってグルリと何回転もして、ズボッと砲口から出て来るのです。もちろん、全身グリースでべっとりで真っ黒です。しかも、この油まみれの軍服の洗濯は自分でしなければなりません。

こうした無法なリンチは日常茶飯事でした。そして機会あるごとに歌わされたのが砲兵の歌で、「襟に栄《は》ゆる山吹色に　軍の骨幹《こっかん》誇りも高き　我等は砲兵皇国《みくに》の護り」という歌詞でした。今でも自然と出てくるほど叩き込まれました。歩兵の赤色と違い砲兵の襟章は黄色だったのです。

重砲連隊では私は砲弾の弾道計算の担当でした。攻撃目標が与えられ、風向・風速などと距離のデータが観測班から有線電話で送られると直ちに計算尺で計算し、砲身の仰角・俯角を割り出して砲術長に報告するのです。射手はそのデータが報告される前に砲弾の弾頭に信管をセットして、砲尾から砲弾をクレーンで吊り上げて装弾し、発射距離にふさわしい量の薬袋を詰めます。後は隊長の「撃てっ！」の号令で砲手が榴縄《りゅうじょう》を引きます。

私は主に榴弾砲でしたが、カノン砲も撃ちました。観測班は弾着観測も兼ねていて、目標との誤差をすぐに報告して来ます。そうするとデータを修正してもう一度発射するわけです。ウソかホントかわかりませんが、上官からは演習のたびに、「お前らは一銭五厘でなんぼでも替えがきくが、大砲の弾は一発何万円もするんだ！」と目標を外すたびに殴られました。現在のように大量生産できる技術があっても陸上自衛隊の砲弾は一発数十万円とのことですので、当時の値段はやはりかなりのものだったのでしょう。

●●●ソ連参戦と初の実戦参加●●●

横須賀の重砲兵学校での初年兵教育と砲兵としての教育訓練を終えた私たちは、「満州」の関東軍の直属部隊である東寧要塞の重砲部隊に配属となりました。現在の黒竜江省《こくりゅうこうしょう》の牡丹《ぼたん》江《こう》市の東にある綏芬河《すいふんが》の近くの寒村でしたが、一九三一年に「満州事変」を起こした関東軍は、ソ連から反撃されることを想定して三二年からアムール河の支流であるウスリー河のソ「満」国境地帯に虎林《こりん》（虎頭《ことう》）と同時に構築された要塞でした。

分厚いペトン（コンクリート）で覆われた要塞建設に強制動員された数万人ともいわれる中国人たちは、要塞の完成後、全員証拠隠滅のために薬殺されたと噂されました。この要塞には一個師団（約二万人）が一年以上籠城して戦える弾薬・糧秣などの備蓄があるといわれていましたが、敗戦近くにはフィリピンなどの南方戦線に次々と派遣されていったので、ソ連軍参戦時には東寧には二〇〇〇〜三〇〇〇人ぐらいしかいなかったと思います。

東寧要塞はまさにソ連との国境の基地で、ウスリー河に水汲みに降りて行くと、対岸でもソ連兵が水汲みに来ていてお互いに手を振ったりしたものです。それが、あの悲劇を生むとはまだ予想だにしませんでした。

私たちが東寧要塞に配置された一九四三（昭和十八）年末から四四年ともなるとだいぶ戦局も悪化し、砲兵中隊、通信隊などの単位でフィリピンなどの南方戦線へと派遣されていきました。しかし、すでに西太平洋全域から東シナ海までもが米軍によって制空権、制海権を完全に握られていましたので、南方戦線に辿り着く前に輸送船ごと沈められていました。

そうとも知らない私は、まだまだ血気盛んだったので、訓練ばかりで退屈な要塞暮らしではなくて戦地で戦いたいと志願したのです。すると、中隊長から「命を粗末にするな！　輸送船はほとんど海の藻屑だ。戦線には達していないんだ！　やがて満州も戦地になる時が必ず来るからその時までしっかり鍛えておけ！」と命じられました。

「満州」に侵攻するソ連軍

東寧要塞から遠い所まで演習に行った時、付近の中国人の農家に徴発に行ったことがあります。「徴発」というのは日本軍特有の用語で、要するに略奪です。食料となる牛や豚、鶏などを中国人から奪って野戦食料とするのです。要塞基地には食料はふんだんに備蓄してありましたが、おそらく戦場経験のない私たちに戦地感覚を養うためにわざと「徴発」を命じたのだと思います。

私たちの小隊はある村を取り囲むと、豚や鶏や小麦粉などを片っ端から略奪し、その奪った食料を運ぶマーチョ（馬車）まで馬ごと略奪しました。ところが、その時でした。老婆が家から走り出てきて、「後生だから馬だけは持っていかないでくれ！　馬がないと畑が耕せないんだ！」と中国語で喚《わめ》いて私の足にしがみつきました。私は無慈悲にもその老婆の肩を銃尻で殴って突き放しました。今もときどき思い出します。自分の老いた母親のような老婆の顔が浮かぶのです。

やがて一九四五年となると、日本国内にも空襲があって各地が被害を受けていることは満州にも伝わってきました。しかし、東寧基地は相変わらず訓練また訓練に明け暮れて、三度の食事もしっかりと食べることができました。

そして、運命の八月九日が来ました。前日から司令官クラスが出張に出ていました（ソ連軍参戦の情報を事前に知った司令官、参謀クラスは特別列車を編成し、家族を連れて朝鮮へ脱出していたことを戦後になって知りました）。

九日のまだ朝靄も晴れない薄明でした。ソ連の重砲の総攻撃が始まりました。

「総員、戦闘配置につけえ！」という号令のもと、私も自分の配置につき、反撃の用意をしました。ソ連軍の砲弾が飛んで来ますが、分厚いコンクリートで固められた要塞はびくともしません。しかし、ソ連側の命中精度が高いことはすぐわかりました。要塞本体への命中弾がどんどん増えてくるのです。最初は周辺に落下していた砲弾がどんどん要塞本体に命中し始め、そのたびに電気が消えて天井からコンクリートの破片がボロボロと落ちてくるようになりました。

換気口からも火炎瓶が投げ込まれるようになり、いよいよ要塞の外周部にもソ連兵が迫ってきて要塞防衛は不可能な状態となり、砲を破壊して脱出することになりました。中隊長の命令でソ連軍の手に重砲を渡さないために砲の自爆を命じられました。夜陰に乗じて砲口から砲弾を逆さ向きに入れて、砲尾からも砲弾を装填した状態で発射して砲身を破壊しました。そして中隊単位で夜陰に紛れてウスリー河に沿って南下して朝鮮国境をめざしました。私たちが脱出した時、まだ砲を捨てずに発射している発射音が聞こえました。他の中隊が撃っていたのですが、やがて沈黙しました。

●●●朝鮮兵の斬首●●●

満州の荒野を彷徨《さまよ》い歩きながら、ソ連軍の戦車隊を迎え撃つことになりました。その時、別の部隊が通りかかり、「玉音放送があった。もう戦争に負けた」という情報がもたらされました。私たちは一週間以上も要塞に籠城していて、八月十五日の敗戦も知らずに砲撃し続けていたのでした。

ところが中隊長は「日本が負けたなど嘘だ！」と言い、小高い山の中腹にタコツボを掘らせました。ちょうど真下が谷間になっており、ソ連軍戦車隊が通ってきそうな地形でした。

固い土なので円匙《えんぴ》（シャベル）で一人がやっと入れるタコツボを掘るのに半日ほどもかかりました。その日はソ連軍は現れませんでした。

その日の夕、最後の食料として脱出時に大量に持ってきた羊羹や日本酒が全員に配られました。こんな時になぜ羊羹なのかはわかりませんが、よほど慌てて脱出したので適当に運び出したのでしょう。お酒が苦手な私もこれでもう最後かと思って一升瓶を空にしましたが、まったく酔いませんでした。精神的緊張が強かったのです。

その夜、敗戦間近になって満州各地の満蒙開拓団などから臨時徴集された三十代、四十代の兵隊たちは皆、夜陰にまぎれて逃げてしまいました。

翌朝、予想通りソ連軍戦車隊がやって来ました。ソ連軍は日本が降伏したことを知っていたためか、戦車の砲塔のハッチから身を乗り出して歌を唄ったりしながら続々とやって来ます。もう戦勝気分なのです。

私たちは破甲爆雷という小学生のランドセル型の爆雷を一人一個ずつ背中に括《くく》りつけて戦車の下に潜り込もうとしました。ですが、戦車に接近できぬままタコツボを出たところで一人、また一人と一斉射撃を浴びて斃《たお》れていきました。私のタコツボのすぐ前面にソ連軍のT34戦車が迫った時、意を決してタコツボを飛び出しました。ところがその瞬間、私は迫撃砲に吹っ飛ばされて気を失ってしまいました。右下腿部に破片が突き刺さっているのを朝鮮人の衛生兵が手当てしている時、その痛みで目が覚めました。彼は麻酔もないまま砲弾の破片を取り除いてくれました。

戦友の多くが、このタコツボ戦車戦で戦死していました。脱出した時には二〇〇人近い戦友がいたのに、破甲爆雷攻撃に失敗してコウリャン畑に逃げ込んだ時にはもうわずか二、三〇名になっていました。

やがてコウリャン畑にもソ連軍歩兵が接近して来て、マンドリン銃で乱射しました。八月のコウリャンは背丈が私たちよりも高いので、畑に逃げ込むと外側からは見えません。しかし、短機関銃であるマンドリン銃をタタターンと乱射されると、私の軍靴の底に打ってある鉄鋲にカツン、カツンと当たるのです。その時、私の真横に伏せていた朝鮮人の衛生兵は、突然「ウッ！」と唸ったまま静かになりました。背中から入った銃弾が彼の命を奪ったのでした。

やがて、ソ連兵はその場を立ち去りました。私を救助してくれた朝鮮人衛生兵は口から血を流して死んでいました。即死だったと思います。わずか一メートルほどの隣にいた彼が死に、自分は生き残ったのです。感傷にふける間もなく中隊長が生存者を集めると十数名になっていました。そして、すぐにその場を離れて林の中を彷徨いました。

コウリャン畑で機銃掃射されてから二日後のことです。深い森の中を食料もなく飢えてふらふらした足取りで進んでいると、日本兵らしき者三名が見えました。どこから来たのかと誰何《すいか》するとその中の一人が、朝鮮人らしい独特のイントネーションの混じった日本語で「原隊を見失った」と答えました。

その様子を見ていた中隊長がいきなり「お前ら脱走兵だ！」と怒鳴り、「始末しろ！」と命じました。大卒の小隊長の少尉がたじろぎます。周辺にはソ連軍がいるはずなので銃殺して発射音を聞かれてはなりません。Kという歴戦の古参軍曹がひとり一歩前へ出て、「俺がやる、高橋兵長、お前も手伝え！」。中隊長が見ているということもあり私は断れませんでした。

朝鮮人兵士三人は「アイゴー！　アイゴー！」と朝鮮語で泣き喚きながら助命を請うていました。しかし、森の中の窪地に連れて行って、まずK軍曹が「えいっ！」という掛け声とともに軍刀を振り下ろして一人の首を刎《は》ねました。次は私の番です。私は兵隊ですので軍刀は持っていませんでした。その時、中隊長が自分の軍刀を私に差し出しました。その軍刀を手にして私も二人目の朝鮮兵の首を斬り落としました。

その時の頸椎《けいつい》に軍刀の刃が突き刺さった瞬間のあの感触は未だに忘れることができません。恐ろしいことです。それ以来、軍刀を握った両手に伝わった感触は一生涯忘れることのできない悪夢となりました。このことを自分以外の他人に話したのは息子が大学に入ってからのことでした。いまだに夜中に夢にうなされて突然起きることがあります。

そうです、私は朝鮮人の脱走兵をたとえ命令とは言え、斬ったのです。そして三人目もK軍曹が斬りました。八月二十一日頃のことです。もう戦争はとっくに終わっていたのに、私は罪もない朝鮮兵を斬ったのです。もう原隊も何もない状態なのに、「脱走兵」として断罪するなど戦闘中とはいえ許されるものではありません。しかし、そう思う理性さえも奪われていたのです。私は戦争が嫌いでした。だからこそ、幹部候補生にも志願しなかったのに、その私が罪もない朝鮮兵を斬首したのでした。

侵略者が戦争を開始する時に、みずからを「侵略軍」だなどと言った国（政府）は歴史上、どこにもありません。「自国民保護のため」「自存自衛のため」などと「自己防衛」を主張するのが共通点です。

戦後、平和憲法ができたことで、初めてあの戦争の犠牲者も、そして侵略兵として戦死した者も意味のある「死」になったのだと思います。それを改憲して戦争のできる国にしようとするならば、それは彼らの「死」を「無駄死に」させることになります。そうなれば「英霊」たちも浮かばれますまい。平和憲法は世界の宝です。

（文責・高橋俊敬）

予科練入隊と回天特攻隊

中村《なかむら》　恵一《けいいち》
●一九二七年二月、長野県小県郡に生まれる。八十八歳。
●現在、茨城県土浦市在住。

●●●予科練への志願●●●

私は八人兄妹（六男二女）の四番目として生まれた。三人の兄たちは工業学校などを終え、東京に出て中島飛行機製作所などに勤務していた。

長男勝男は一九四一（昭和十六）年、陸軍に入隊し、「満州」からパラオへの移動中、輸送船が攻撃を受けて沈没、戦死した。二十四歳であった。次男隼人は一九四二年十月、第十一期甲種飛行予科練習生として土浦海軍航空隊に入隊し、一九四五年一月、フィリピン方面で戦死。三男喜一は志願で海兵団に入団したが生還し、戦後は自家農業の後継者となった。

私は体は大きかったが体質は虚弱だった。高等小学校を終えても就職しないで自家農業を手伝うことになった。六月の田植えの時、めまいがして田圃の中にぶったおれた。電車で上田病院に行ったら肋膜炎だと言われ、自宅療養をすることになった。蛇売りのおばあさんに来てもらって、まむしの生き血を飲んだり、肝の黒焼きを食べるなどして栄養をとった。

六か月後の一九四一（昭和十六）年十二月八日、日本海軍は米海軍太平洋艦隊の基地であるハワイ・オアフ島の真珠湾を攻撃、国中が沸いた。その日私は上田病院で全快ですよと言われた。

この時、生まれて初めて勉強したいという思いにとらわれ、自家農業の手伝いをやめて小県蚕業学校二部で勉強したいと父母に話した。さいわい父も母も快諾してくれた。

一九四二年四月、希望の学校に入学したものの、体調不良で教練や体育は見学することが多かった。二年生になった四三年、甲種飛行予科練習生の大募集があった。小県蚕業学校からは私を含む数十名が応募した。私も一次に合格し、クラスの仲間三人と二次試験に臨んだが私だけが合格となり、三重海軍航空隊奈良分遣隊に入隊することになった。

合格通知は丸子町役場から十一月中旬にあった。クラス担任の木内先生に合格を報告したが信じてもらえなかった。そのため、小県蚕業学校での壮行会は私を除いた八名でおこなわれた。

丸子町の私を含む合格者八名の壮行会はその年の十一月二十八日、小学校の校庭でおこなわれ、上田丸子電鉄の始発駅丸子から大勢のみなさんに送られて出発した。

両親は虚弱児の私が入隊できるとは思っていなかったのだろうか、見送りには来なかった。そう思って寂しい思いをしたが、両親は電車が通るのを自家の林檎畑に二人並んで、ひっそりと見送ってくれていた。

長野県における十三期甲種飛行予科練習生の合格者八四二名は、その日の夜行列車で奈良県丹波市町《たんばいちちょう》の三重海軍航空隊奈良分遣隊に運ばれた。

入隊したものの、入隊時の身体検査でひっかかった。「即時帰郷」を言い渡されるかとひやひやしたが、さいわい虚弱体質を治すための病院通いを言い渡された。

毎日の日課はみんなと同じだった。いちばん大変だったのは毎朝おこなわれる駆け足で、先頭に立たされて走り出すのだが、毎日毎日落伍だった。罰として練兵場をひと回りさせられることもあった。

奈良分遣隊に入隊して初めての日曜日の午後、父親が面会に来たという連絡に驚いて駆け足で衛門のそばにある面会所に行った。父親は開口一番「元気か。お伊勢参りに来たので寄ってみた」と言った。父親は私の元気な顔を見て安心したらしく、二言《ふたこと》三言《みこと》言葉を交わして

前列左が私の母、右へ小井土君の伯母、母。後列右が私
（1944 年 2 月、丹波市町の「秘密クラブ」での面会）

帰っていった。

次の年の二月、母親も面会に来てくれた。丸子町の同僚小井土邦久君の母親それに伯母と連れ立っての面会だった。私の大好物のいなりずしを手に持っていた。

邦久君は大字中丸子の生まれ育ちで町一番のぼんぼんだった。彼の母親たちは丹波市駅前の雑貨屋の離れを借りて「秘密クラブ」にしていた。邦久君の外出日にはその「秘密クラブ」に母親は丸子からぼた餅などを持ってやってくるのでした。たまたま私の外出日と邦久君の外出日とが重なった時など、その「クラブ」で隊内では決して口にすることのできない御馳走をたらふく御馳走になったものだった。

●●●私的制裁●●●

奈良分遣隊（奈良空）は、丹波市町の天理教本部信徒詰所（寮）を接収して、一九四三年十二月一日に開隊し、一万一六〇一名の甲飛十三期生が入隊した。予科練生が起居する寮は畳敷きで、風呂はあったが二、三日に一回で、のんびり入浴することはできなかった。

日課の三八式歩兵銃を使った教練のあと、その銃を寮の銃架に返すのだが、ある日の教練のあと、銃の安全装置を外さなかった者が分隊で五人いた。その中に私もいた。

さっそく教員の班長（下士官）に呼び出された。

「おそれ多くもかしこくも、天皇陛下からおあずかりした歩兵銃をおろそかに扱うとは何事か！」

班長は激怒し、軍人精神注入棒と称する棒で尻を思いっきり何回か叩かれた。A君は柔道二段の猛者《もさ》だが、疣痔《いぼじ》だった。彼は「痔！　痔！　痔！」とわめいたが、班長は叩くのをやめなかった。そのあとさらに銃を両手で持ち上げ、足を半開きにして「安全装置、安全装置……」と言わされ続け、延々一時間。夕食は与えられなかった。

班長の中にはこうした予科練生へ制裁（罰直と言っていた）を道楽のように楽しんでいるのではないかと思われる者もいた。

●●●人間魚雷・回天への志願●●●

一九四四（昭和十九）年八月下旬、厳重な警戒態勢のもとで、天理教本部の大講堂に甲十三期予科練習生が集められ、奈良空の司令から「重大な戦況に対応するために、航空機ではない新兵器の搭乗員を募集する」という訓示があった。私も◎の熱意で対応した。あとでわかったことだが、新兵器とは人間魚雷・回天のことだった。

甲十三期予科練習生で回天の搭乗員になったのは九三五名で、出身航空隊別に見ると、同じ十三期でも予科練の海軍航空隊として充実した訓練がおこなわれた土浦空（茨城県）の一〇〇名は回天による搭乗訓練が優先しておこなわれた。したがって出撃も多くなり、戦死者が二九名と非常に多かった。

十月二十日、奈良空の各分隊から集められた四〇〇名は、特別列車に乗せられて新しい任地に向かった。長崎県の大村湾にある川棚臨時魚雷艇訓練所である。そこはベニヤ板で作られた震洋という特攻兵器の訓練基地だった。

着任早々聞かされた任務は、人間が魚雷の中に入って敵艦に体当たりする必死必殺の兵器として考案された回天の搭乗員であった。それを聞いた時、激しい身震いがした。

甲13期の仲間と記念撮影。立っているのが私。（1944年11月　嬉野温泉）

特攻隊員になったということで、甲十三期の仲間よりも半年も早く下士官になった。

私は隊の友人三人と嬉野温泉に外泊し写真を撮った。下士官の軍服が間に合わず、七つ釦《ぼたん》であった。私たちはこれが人生最後の写真になるなど思い、写真機に向かって硬くなった。

●●●光基地へ●●●

人間魚雷「回天」の搭乗員として川棚に集められたのは奈良空と宝塚空の六〇〇名、それに学徒出陣で入隊した予備学生が数十名であった。新しい回天の訓練基地ができるまで、ここでベニヤ板の快速艇震洋による突入訓練が続けられた。

山口県光市に海軍工廠を利用した訓練基地が完成し、転任が決まった。十一月二十五日の夕方、光駅に列車で到着。士官数名が迎えに来ていて、衣嚢《いのう》（衣類などの収納袋）をトラックに積み込むと、軍服のまま基地まで早駆けで三十分くらい走らされた。

基地正門に着くと、いきなり「歩調をとれ！」と号令がかかった。疲れでみんなの足並みはばらばらであった。「回れ右、駈け足！」でまた光駅まで戻り、また正門まで駈け足。足並みがそろうまでそれが繰り返された。足並みがそろったところでやっと特攻隊長の歓迎の挨拶があった。

光基地での訓練や日常生活は厳しく、制裁は予科練とは異なりすべて鉄拳・ビンタであった。ここで私たちが受けた鉄拳のほとんどは予備士官からであった。また予備学生士官への制裁は、彼らよりも若い兵学校や機関学校出の若い搭乗員士官からであった。

私たちの宿舎は海軍工廠の寮で、毛布のたたみ方が不揃いであったり、革靴の底に砂などがついていたりすると一部屋六人の全体責任とされ、廊下に並ばされて数人の予備士官から鉄拳の連打を受けた。

この光基地で回天の搭乗訓練をおこない、初出撃は一九四五（昭和二十）年二月二十一日のことであった。潜水艦伊号三七〇に回天五基。回天の隊長は岡山少尉（機関学校五十四期）、隊員は予備学生の市川少尉（早稲田大）、田中少尉（慶応大）、予科練・土浦空の浦佐飛曹と熊田飛曹で、整備員が一基に一人ずつ同乗した。

その日、基地全体で盛大に送り出したが、硫黄島方面で敵の爆雷攻撃を受けて沈没し未帰還となった。潜水艦とともに全員が戦死、この作戦は失敗であった。

●●●大神基地での往復ビンタ●●●

三月一日、新設された平生基地への転任で、大竹の潜水艦学校に通って敵艦の種類・距離・速度・命中斜角など、艦長になったつもりの潜望鏡による訓練がおこなわれた。

大分県国東半島の大神村（現日出町）にも回天の訓練基地が新設されることになり、その先遣隊員として同月十六日に移動し、多様な業務に携わった。

四月二十五日に開隊式がおこなわれた。回天での搭乗訓練も始まった。私は甲板下士官を命ぜられ、甲板士官を補佐して訓練基地の軍規・風紀を取り締まる役目を担うことになった。

四月二十九日は天長節の祝日で、訓練もなく休養日であった。しかし、米艦載機グラマンによる機銃掃射を受けるようになっていたので、回天を収納する地下壕づくりを急ぐ必要があった。そのため、この日も作業隊は休むことができなかった。私は甲板下士官としてその監督責任者であった。しかし祝日だったので、昼食時酒保（兵営内や艦内にある兵士相手の日用品・飲食物などの売店）から酒を取り寄せて兵士に振る舞った。

その日の夕食直後、甲板士官から「練兵場に来い」と呼び出しがかかった。早駈けで行くと、搭乗員服を着た若い士官十数名が待っていた。ただならぬ雰囲気である。

いきなり「歯を食いしばれ！」の声とともに彼ら全員が代わる代わる私に往復ビンタ。十発くらいまでは覚えていたが、あとは意識を失った。倒れた私は仲間が兵舎に連れて帰って寝かせてくれた。口の中はぐちゃぐちゃに切れていて、四、五日は満足に食事がとれなかった。仲間が付き添って交代で手当てをしてくれた。たいへんありがたいことであった。

呼び出されビンタを受けたとき、その理由がわからなかった。しかし、休日といえど続けなければならない任務に就いている兵隊に酒を飲ませるなど、甲板下士官がやってはいけないことである。「皇国」のために命を捧げようとしている搭乗員ばかりでなく、みんなが気持ちを引き締め反省させられた事件ではあった。

マインドコントロール

丸子町尋常高等小学校の校門を入ると、右側に天皇陛下と皇后陛下の写真や教育勅語が収められた奉安殿があった。その前を通るときは誰でも最敬礼をした。

戦前は、「大日本帝国ハ万世一系ノ天皇之ヲ統治ス」という第一条に始まる大日本帝国憲法のもとで、教育勅語（一旦緩急アレバ義勇公ニ奉ジ）、軍人勅諭（死は鴻毛《こうもう》よりも軽しと覚悟せよ）などによって、私どもの一生は決められていた。すなわち、純真無垢《むく》の青少年にとって皇国史観（日本は「神」である天皇が治め、国民は「臣民（家来）」として天皇に仕えるという考え方）、国体護持（天皇による支配体制の維持）は生き甲斐であった。したがって、戦局が急を告げると、誰でも予科練を志願し、人間魚雷・回天のような特攻兵器が考案されると熱望して搭乗員となり、皇国のために命を捧げることは誇りであり、生き甲斐であった。

敗戦後にできた日本国憲法は、「国民主権」「基本的人権」「永久平和」が三本柱であり、すばらしいものである。しかし日本政府は、戦前の植民地政策や侵略戦争について反省や謝罪は自虐的だと考えており、きちんとした総括や正しい歴史認識を怠ってきた。そして、かつての十五年戦争（アジア・太平洋戦争）は大東亜戦争だったとして美化した「新しい教科書」を作ったり、日の丸を国旗、君が代を国歌と法律で定め、それを教育現場に強制したりするなど、戦前戦中にみられたようなマインドコントロールが始まっており、身震いがする怖さ、異常さである。

人権無視の軍隊と人道無視のシベリア抑留

平野《ひらの》　力《つとむ》

●一九二四年二月、京都府福知山市に生まれる。九十一歳。

●現在、京都府福知山市在住。

生きて帰って鯉《こい》

私は一九四四（昭和十九）年十月、徴兵により弘前の東部第八〇部隊に現役兵として入隊しました。

家を出る朝、私は神棚のある部屋に正座させられました。膳の上には生きた鯉がのっていました。父が私の耳元に口を寄せて小声でこう言いました。「これは生きて帰ってこいということじゃ」

当時軍人は「一死報国」と言われていた時代ですから、「生きて帰ってこい」などは決して言ってはならない禁句でした。海軍の水兵の経歴をもつ父の言葉に驚いていると、そばから母が千人針の腹巻きを差し出し、「ここに縫いつけてある五銭玉は四銭（死線）を越える」と言いました。軍国主義教育で大きくなった私にも両親の心の中が痛いほどわかりました。

「長男は先祖さんの生まれ変わりじゃ」と長年私をかわいがってくれた八十八歳の祖母は病気で寝たきりでしたが、私が挨拶に行くと、「おお、もう行くか……。これが見納めじゃのう……」と悲しげに言いました。

村の人が作ってくれた日章旗が飾ってある柴の門をくぐり、氏神さんに参拝に行きました。たくさんの村人の前で私はいちおうの言葉を述べたあと、「身は八つ裂きにされても米英撃滅のために戦ってまいります」と口に出してしまいました。後ろの方で先日、南方戦線で戦死した息子の母親が涙をふいているのが見えました。私は親の心を知らずにこんなことを言ってしまってと後悔しました。

日の丸の旗を振り、軍歌を歌う人々とともに駅に着きました。福知山からただ一人、遠い青森の部隊に入隊する私に、市長や愛国婦人会など一〇〇人ほどの見送りを受け、「一死報国」の挨拶をして列車に乗り込みました。少しばかりの手荷物を持って一緒に車内に入ってきた父は、別れぎわに涙を流していました。若い頃、相撲が強く人一倍頑健であった父は、私の学費を稼ぐために養蚕、田畑、山仕事と、朝は朝星夜は夜星と寝食を忘れて働きづめだったのが祟《たた》って、体調をくずしていました。

私は親が苦しい家計の中から学資を工面して上級学校に進学させてくれ、そのおかげで獣医師の資格を得たことを自覚しておりましたので、獣医部幹部候補生になって親の期待に応えようとの一念が先に立っていました。それで父親の涙を深く思いやることができませんでした。私は父の涙を体調不良による気弱さからと勘違いしておりました。そのときはこれが今生の別れになろうとは思ってもいませんでした。

母は車窓のすぐ前で日の丸の旗を持って別れを惜しんでいました。誰かの「平野力君、万歳！」の声でいっせいに万歳の大喚声。それを合図に列車が動き出しました。

入隊そして制裁の日々

入隊した私たちを前に連隊長がこう訓示しました。

「本日貴様たちは畏《おそ》れ多くも天皇陛下のお召しによりこの部隊に入ったのである。貴様たちはいずれ戦地に赴《おもむ》くことになるが、貴様たちが還ってくる所はどこでもない、この原隊であることを肝に銘じておけ」

それを聞いて私は、軍隊は死ぬところなのだ思いました。

割り当てられた内務班に入ると、上等兵から一応の説明がありました。それから大声でこう叫びました。

「今日はお客さま扱いをしているが、軍隊は娑婆《しゃば》（一般社会）とは違うんじゃ。これからちょっとかわいがってやるが、貴様たちの行く関東軍には関特演（関東軍特種演習）の猛者《もさ》が待っておられる。そっちに行ってよく扱《しご》いてもらって来い。わかったか」

「わかりました」と新兵の私たちが答えると、声が小さいと言って手に持っていた竹刀で机を激しく叩いた。正直、恐怖を感じました。

営庭を箒《ほうき》で掃除をしているときのことでした。少し離れたところにいた古年兵が「アベ、アベ」と私に言いました。丹波の地から来た私には東北弁がわかりません。何回も叫んでいた古年兵が血相を変えて飛んできました。そしていきなり私の顔面を殴りつけました。「このたわけ者が」。古年兵はそう吐き捨てて去っていきました。

「アベ」というのは、あとで「来い」という意味だと知りましたが、方言がわからない悲しさ。これからどうなるのやらと、心配になりました。

十日ほどして夜間非常招集がかかり、軍装を整えて隠密裡に原隊を出発することになりました。そのときの軍装は、布製の背嚢《はいのう》に地下足袋。飯盒《はんごう》は木箱、水筒は竹筒といった惨めなものでした。当時日本軍は転進という名の敗退と玉砕という名の全滅が続き、国内では物資窮乏の状態でしたので、私たちの姿は日本の実情を象徴していたのでした。

軍用列車は鎧戸を閉め、外とはいっさい遮断され、停車・発車の場所や時間も不定の輸送でした。下関から関釜連絡船の崑崙丸《こんろんまる》が米海軍によって撃沈されたあとで、乗船したものの釜山に着くまでは心配と不安でいっぱいでした。

長途の貨車輸送でソ満国境の山神府《さんしんふ》にある満州奥第七二三部隊に到着。山神府の駅で下車し行進を始めましたが、そのとき、満州の民衆が満服(満州の服装)の袖に手を組んで入れ、行進するわれわれをじっと見つめるなんとも言えない冷たい憎悪の表情に気づきました。「王道楽土・日満合体・東洋平和」などの日本での言葉との落差を見せつけられて、そんな言葉はこの満州ではありえていないのだと思ったことでした。日本にいるとき、帰還兵の自慢げな話——村を焼き、住民を殺し、婦女子を陵辱したうえ虐殺した話を聞いていましたので、日本軍への憎悪が彼らの様子からよくわかり、背筋に寒いものを感じたものでした。

割り当てられた内務班は平屋のバラック建ての粗末なもので、廊下に向かい合って軍歌に出てくる「五尺の寝台藁蒲団」があり、ここがこれから起居するところとなった。枕元には整頓棚、廊下側には銃架があり、古年兵や班長の怒声がすでに飛び交っていました。初年兵一期の検閲まで辛抱しなければならないのかと思うとぞっとしました。

関特演で召集された古年兵は内地の部隊を出るときに聞いた以上に荒く、部屋を出入りするさい官等級・氏名と用件を述べるとき、声が小さいと言っては怒鳴られ、気に食わなければ殴られ、古年兵の身の回りの世話や靴の手入れが悪いと言っては首から靴紐で靴をぶら下げられて各班回りをさせられました。戻ってきたときには各班で殴られたために顔が腫れ上がっていました。

食事前には軍人勅諭を唱和させられましたが、一人でも間違えたりすると全員罰として飯を食べさせられません．ようやく許しが出て食べ始めると集合ラッパが鳴り響き、泡食って汁をご飯にぶっかけて飲み込んで集合したこともあります。

私の場合は、「この野郎は半年もしたら将校になる奴だ。今のうちに殴っておけ」と、ほかの兵隊よりもひどい扱《しご》きを受けました。

「鶯の谷渡り」「蟬の鳴き声」「飛行機」「自転車」など、よくもいろいろ考えたものだと感心(?)するほど、ありとあらゆる初年兵いじめがありました。「鶯の谷渡り」とは、兵隊たちの木製の寝台の下を四つん這いにさせてくぐらせるいじめで、「蟬の鳴き声」は内務班の柱に抱きつかせてミーンミーンと蟬の鳴き声をさせるいじめ。あとは推して知るべしだ。どれも人間としての誇りや尊厳を否定する恐るべき行為だった。

私は学生時代、スポーツとくにラグビーや駅伝武装競走の選手として鍛えていたので少々のことではへこたれることがありませんでしたが、体力以上のこと、たとえば銃の手入れが悪いと言っては、「三八式歩兵銃殿、私はつい手抜きをして手入れをおろそかにしていました。今後はこのようなことはいたしませんからどうぞお許しください」と、捧げ銃の姿勢で何度も言わされ、声が小さいと言っては殴られ、「歩兵銃殿が許すと言われるまで言っとれ」との無理難題。こんなことをやらされるなら戦争に早く行ったほうがよいとまで考えるようになりました。

私たちの部隊は馬部隊ですから馬の手入れ、輸送訓練などがありました。軍馬は天皇陛下からのお借りしたものですから怪我や病気をさせでもしたら一大事です。兵隊は一銭五厘の価値しかないが軍馬は貴重品。初年兵よりも古年兵よりもずっと上の存在でした。ですから、私たち初年兵はその扱いにはたいへん気を使いました。

内務班では衣服などの員数検査がたびたびありました。紛失したりするとどんな罰を与えられるかわかっていますので、他の兵隊の所持品を盗んででも調達しなければなりません。兵舎内はあたかも泥棒養成学校のようなものでした。

そんな明け暮れのなかで、ソ連軍の戦車の侵攻を防ぐのが目的の大がかりな戦車壕掘りも連日させられました。零下四〇度という酷寒の中での戦闘訓練もありましたが、親の期待に応えなければならないの思いを強く持っていましたので、どんな苦労にもどんな無法な仕打ちにも耐えることができました。

●●●ソ連軍の侵攻そしてシベリアへ●●●

その後部隊は本土防衛が急を要していたため、全員北九州に移駐していきました。私は獣医部甲種幹部候補生に合格し、東京の陸軍獣医学校への入学を一日千秋のごとく待っていましたが、学校は米軍機の空襲で焼失してしまいました。そのため新京近くの孟家屯《もうかとん》で教育を受けることになりました。

ここも厳しいことには変わりはありませんでしたが、高度な専門の獣医学を学ぶことができるので、人間性を取り戻したような気持ちになりました。

陸軍獣医学校を卒業したその年の八月九日、日ソ不可侵条約を破棄したソ連軍が突如侵攻してきました。私たちは聴診器を捨て、戦車に肉弾で体当たりをする破甲爆雷を抱えて自分が掘った蛸壺の中に身を隠し、早暁に来襲するであろう敵戦車を待ちました。

敵を待つ間、何もすることもなくただじっと踞《うずくま》っていると、さまざまなことが脳裏を駈け巡りました。数時間のうちに自分の命はなくなってしまう――。破甲爆雷を抱えたこの体は戦車に体当たりした瞬間、一片の肉として砕け散る――。自分は何のために生き、勉強し、大きくなったのか――。父や母は何のために私を育ててくれたのか――。

国を離れるときの父母や祖母、弟妹みんなの顔が浮かびました。空には無数の星が戦争など知らぬげに煌《きら》めいています。星に心があるのならば、故国の父母に先立つ不孝を許してくれと伝えてほしい――そう思うと涙で仰ぎ見る星が霞《かす》んできました。

幸か不幸か、朝になっても敵戦車の来襲はありませんでした。その代わり、既に関東軍が移駐している鮮満国境近くの通化《つうか》に終結せよとの命が下り、昼夜兼行の急行軍となりました。朝陽鎮《ちょうようちん》に着くと部隊長から日本の敗戦を知らされました。「生きて虜囚《りょしゅう》の辱めを受けず」の戦陣訓どおり私たちは終魂式をおこない、宮城と故郷に捧げ銃の礼をおこなったのち、数名ずつ車座になって手榴弾で自決態勢に入りました。

信管に手をやったときでした。馬蹄の響きが近づいてきたかと思うと、「その自決待て！」という大きな声がしました。伝令の進藤少佐の声でした。私たちの近くまで来ると少佐は、「日本は負けたが、関東軍は負けてはいない。これから通化に向かい、大反撃をおこなう」と大声で言いました。同じない命ならば戦って死ぬほうが本望と、疲れきった体に鞭打って、すぐさま行動に移しました。

海龍《かいりゅう》に辿り着くと今度は「武器を捨て、ソ連軍の指揮下に入れ。命令に反する者は反逆者と見なす」との軍司令部の通達が出、これには二度びっくり。

これまで「死は鴻毛《こうもう》よりも軽しと心がけよ」とか「生きて虜囚の辱めを受けず」とかの軍人勅諭や戦陣訓でわれわれを教え込んできた上層部の言葉とは正反対である。教育勅語で軍国主義を植えつけられた私は放心状態になりました。

わけのわからぬまま吉林《きつりん》の師道大学に収容され、そこから東京ダモイ（東京に帰還つまり帰国の意）の言葉に騙されて貨車に乗せられました。興安嶺《こうあんれい》の山林の中を走っているときでした。「あれ、日本兵ではないか」の声がしました。見ると木々の中に多くの日本兵の死体が軍装のまま死んでいるのが見えました。同じ日本兵でありながら国境警備に残されたために強力なソ連軍の砲火で散ったのでした。

最後まで戦った彼らといま捕虜となっているわれわれ。できることなら駈け寄っていって弔ってやりたい、みんな国には親兄弟がいるはず、こんな姿を肉親が見たらどんなにつらかろうと思ったものでした。がしかし、貨車の中のわたしたちにはどうすることもできません。ただただ合掌するだけでした。

黒河から黒龍江《こくりゅうこう》を渡り、ソ連のブラゴエスチンスクから西へ転送され、東京ダモイの夢は消え失せました。

長途の輸送中、自動小銃を持ったソ連兵が「トケイ、トケイ」と叫んでは私たちの腕から腕時計をもぎ取って自分の腕にはめ、さも満足そうにしていました。奪われたのは時計だけではありません。めぼしい物はすべて掠奪《りゃくだつ》されました。抵抗できない哀れさが身に沁みました。

到着したのはシベリア鉄道の中心都市チタでした。出迎えたソ連軍高級将校が、「ドイツとの戦争で国土が破壊され、多くの労働力を失った。それであなた方の力を借り復興したい」と挨拶しました。勝手なことを言うなと思ったが、捕虜の身ではどうすることもできません。無念でいっぱいでした。

シベリア鎮魂の旅。チタ第一墓地の前で。

●●●収容所での日々●●●

収容されたのは馬小屋同然のバラック建てで、周囲は有刺鉄線が張り巡らされていました。四隅の望楼には歩哨が見張っていて、逃亡すれば射殺されるとのこと。それ以後、一切の自由も権利もなくなりました。

上下二段の蚕棚に、各自一枚ずつ持ってきた毛布を板の上に敷いて寝ましたが、零下四〇度にもなる厳寒では寒くて冷たくて眠ろうにも眠れませんでした。わずか三五〇グラムの黒パンと顔が映る薄いスープで体が衰弱していますから、寒さがよけい身に沁むのでした。

朝はレールの鉄片をカンカンと叩く甲高い音で起こされ、わずかばかりの食事ですぐ作業に出発です。この朝食のときに昼用として渡された黒パンを空腹に勝てず食っている者もいました。

私は慣れない製材工場や煉瓦工場、土木現場などで働きました。そこには重いノルマがあって、引率してきたソ連兵の見守るなか、作業場の監督の指揮で働かされました。森林伐採、鉄道敷設《ふせつ》、炭鉱などで働く作業大隊もあり、飢餓と重労働と酷寒で体をこわす者が続出し、適当な医療を受けられぬまま死んでゆく者もかなりの数になりました。

洗面・入浴などはしたくてもできる状態になく、そのために体は垢《あか》だらけで虱《しらみ》が大量に発生しました。虱は栄養失調のわれわれの体から血を吸い、その痒《かゆ》さと衰弱のため眠ることもままなりません。少しでも閑《ひま》ができれば虱とりで、爪は真っ赤になる始末でした。

食事の分配は命がけでした。ピンハネされて少なくなった食事を公平に分けるために、パンは当番が切ったそれをくじ引き順番で決め、スープはよく攪拌《かくはん》したものを飯盒《はんごう》に入れ目盛りで量って分配したものです。食料の公平分配騒動は将校特権をなくす反軍闘争を引き起こしました。それが収容所内での民主運動の発端になっていきました。

死亡者が出ても凍土の上に死体を置くだけで、狼の餌にされるにまかせる状態でした。こんなシベリア抑留がソ連の覇権大国主義、日本政府の棄兵・棄民政策の結果とも知らず、私は戦争に負けたのだから仕方がないと思っていました。

ハバロフスクからたまに配布されてくる日本新聞に「勤労の国ソヴィエット」と宣伝されても、私のごとく何もしていない人間をなぜいつまでも抑留して強制労働させるのかという疑問はぬぐうことができませんでした。

ある日、収容所で結成されていた民主グループの部屋で市川正一の『日本共産党小史』を読みました。その本によって私は、官憲に捕らえられた市川正一が死を恐れず獄中裁判で侵略戦争反対、平和と民主主義を堂々と陳述していたことに大きな衝撃を受けました。

自分が今まで歩んできた道はいったい何だったのか、誰のためだったのか。蛸壺の中で死を覚悟した時、私と同じ年配の若者が特攻機で体当たりして死んでいったことを思い、同じ死ぬのならそのほうがいいと思ったことや、古年兵からの屈辱的な制裁に耐えながらいつでも天皇のために命を捧げる人間になっていたのはどうしてなのか。そんな思いとともに、国を出る時の父母や祖母の「命を大切に」の願いやあたりまえのことがあたりまえで通ることがいちばん大事なことではないかと思いました。

この本に巡り合ってのいちばんの収穫は、今まで小学校以来学んできた忠君愛国、東洋平和思想の根本がまちがっていることが理解できたことでした。それからは収容所内の書物を漁《あさ》るように読みました。それがあってかどうか、食べ物に気を取られていつも空腹を感じていた私は、獣のような食欲を不思議と感じなくなりました。

舞鶴へ

シベリア抑留から四年後、帰還命令が出て私は第一大拓丸の梯団長《ていだんちょう》として二千名の抑留者とともに舞鶴に引き揚げてきました。

船から祖国の青い松を見た時、涙がこみ上げてきて止まりませんでした。やっと自由になれたと思ったものでした。

懐かしのわが家に帰ると、私の声を聞きつけた母が抱きついてきて「お父さんが……」と言って絶句。母は綿のように軽く、痩せ細っていました。

父は三か月前、私の名前を呼びつつこの世を去っていったとのこと。そして、病苦を押して、シベリア抑留者の帰還促進連盟の方々と東京や奈良の大会に出ていっては、「息子を返せ。子供を返せ。返さなければ火を噴く思いで怨みます（舛）」と一升舛の底を火吹き竹で叩いていたとのこと。

母はお宮さんに私の帰還を願って千度踏みをしたり、私が寒いシベリアにいるのだからと冬でも単衣《ひとえ》物一枚で過ごし、ご飯も半分くらいにして私と飢えをともにしていたそうです。痩せ細った体のわけはそれだったのでした。

仏壇には父と祖母の位牌がありました。「これが見納めじゃのう」と言った祖母と、別れぎわに涙した父の顔が浮かんできました。私は二人に帰還の挨拶をしました。

私は今年九十一歳になりました。よくぞ今まで生きてきたと思います。私には二人の息子と七人の孫がいます。いずれも成人し、ひ孫もいます。苦しい戦後を何とか生き抜いてきましたが、友人知人の多くは米英撃滅のため徴兵され、尊い命を失いました。二度と還らぬ友人たち。存命ならばどんな生活を送っているだろうかと、墓標に手を合わせたりしています。

戦争は人と人が殺し合うものです。どんな理屈をつけようと絶対にやってはなりません。たった一つしかない命ですから。他人の命も同じです。

集団的自衛権などの戦争準備を許さないために、若芽のうちに摘み取って除かなければなりません。戦争で尊い命を亡くした人々は、この美しい日本と人々の真の幸せを祈っているはずですから。

従軍看護婦は私を最後にしてほしい

森藤《もりふじ》　相子《あいこ》
●一九二三年八月、静岡県御殿場市に生まれる。九十一歳。
●現在、熊本県荒尾市在住

●●●軍国少女の志願●●●

私は一九二三（大正十二）年八月十八日、静岡県御殿場市の農家に五人きょうだい（うち三人は夭逝）の次女として生まれました。成人まで成長したのは私と弟だけでした。小学校に上がって二年生の時（一九三一年）に「満州事変」が起き、一九三七年には「支那事変」と、中国での戦争は拡大の一途を辿りました。日本中が軍事一色の世の中で育った私は、すでに立派な〝軍国少女〟でした。

そのため、男子と同じように「お国のため」に役立つ早道は日赤の看護婦になって戦地で日本の兵隊さんを助けることだと信じて、一九四二（昭和十七）年に日赤に応募しました。もうその頃は戦火は中国大陸だけでなくアジア全域から太平洋諸島へと一気に拡大し、日赤看護婦も陸海軍看護婦も大量に養成されたのですぐに入学が許されました。

日赤では赤十字精神の徹底した教育・訓練を受けました。看護学校を卒業すると、召集令状が届くまではすぐに連絡がつけられる所にいるようにと指示されたので、私は三島にあった陸軍病院（現在は三島市民体育館）に勤務することになりました。そこは中国大陸と南方の野戦病院から後送されてきた患者ばかりで、私の所属した内科病棟はマラリア患者が大半でした。マラリア原虫の種類によって発熱や発作の間隔に違いがあることなどもこの時、先輩看護婦から学びました。

陸軍病院では午後九時になると消灯ラッパが響き渡り、各病室の明かりも一斉に消えるのですが、その最初の夜勤（当時は不寝番と言っていた）の時、看護婦になって初めて人の死に立ち会いました。先輩看護婦に手ほどきを受けながら鼻腔や口腔内に綿を詰めて、患者の髭を剃り、体をきれいに拭いた後、白衣を着せて両手を組ませて合掌させ、「さあ、安らかに靖国神社へ」と言って敬礼で送りました。

三島陸軍病院には日曜日になると、いろいろな慰問団や愛国婦人会の作業奉仕団などがやって来て、患者の清拭《せいしき》や山ほどたまった洗濯なども手伝ってもらえるので看護婦にとってうれしい一日でした。しかし、当時は洗濯機などなく、ガーゼも包帯もすべて手洗いなので、付着した血液などはどうしても落ちませんでした。漂白剤もないまま、ボロボロになるまで使い切りました。現在のようなガンマ滅菌などはありませんので、消毒はすべて煮沸消毒でした。

戦時召集状

そんなある日、院長室へ来るようにと言われました。院長室に入るなど初めてのこと。「いったい何事だろう」と思いつつ緊張してコン、コンとノックし、「勝又(私の旧姓)看護婦入ります!」と大きな声で叫ぶと、「ヨォーシ、入れ!」という返事があってドアが開きました。院長はニコニコ顔で、「おめでとう! 召集令状が来たよ」と「戦時召集状」と印刷された赤い紙片を差し出したのでした。

一九四四(昭和十九)年七月、極秘の旅立ちだったのですが、父と母が沼津駅まで見送りに来てくれました。母は「汽車の中で食べなさい」と言って、おにぎり、ゆで卵、うずら豆、それに当時としては貴重品だった配給品の羊羹《ようかん》や砂糖などを風呂敷包みにして私の手に握ら

せてくれたのでした。そして母は、

「手紙を書いておくれよ。欲しい物があったら何でも送るからね。戦地に行ったら生水は飲まないように」

などと汽車が動き出す間際まで繰り返していました。

　蒸気機関車が出発を告げる警笛を鳴らすと、大きな動輪がゆっくりと動き出し、私たちを乗せた列車はみるみるプラットホームを離れていきました。両親は見えなくなるまで手を振っていました。

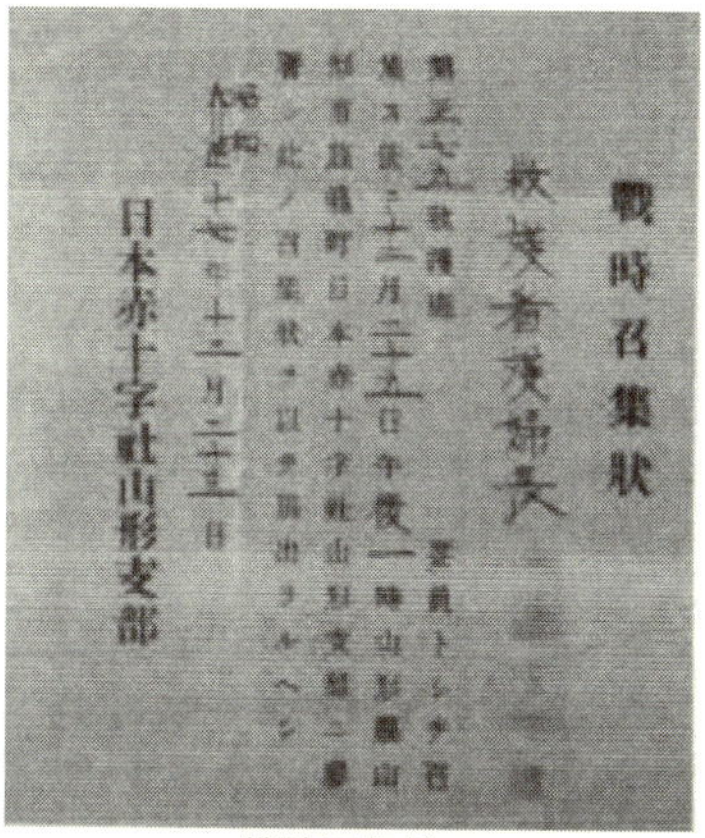
戦時召集状
昭和十七年十二月二十三日
日本赤十字社山形支部

戦時召集状

　途中で停車するごとにドカドカと戦地に行く兵隊さんが乗り込んで来ました。そのたびに出征兵士を送る軍歌の合唱と日の丸の小旗を打ち振る風景が続きました。

　日赤本社指定の集合地点に到着すると、日赤従軍看護婦としてのひと揃えの衣服が支給されました。真新しい濃紺の礼装に夏服、帽子、襟章、赤十字の腕章、靴や下着に混じって防寒外套、防寒手袋、防寒靴下などが入っていたことで、派遣先が南方ではなく満州などの寒冷地であることが推測できました。しかし、派遣先については機密に触れるので迂闊《うかつ》に訊《き》くことはできませんでした。

虎林《こりん》陸軍病院

私たちを乗せた輸送船は広島の宇品港を出港したのですが、軍の輸送船のためかペンキの臭いやら油の臭いやら何やらが混じっていて、それらが夏の暑さと相まってムンムンして、しかも船酔いまで追加されて船旅に慣れない私たちはゲーゲーと吐き出す始末。

私たちの輸送船は敵潜水艦の魚雷攻撃を避けるようにジグザグ航行しながら朝鮮の釜山港に入港し、さらに軍用列車に乗り換えて二日も三日も走り続けました。朝鮮と「満州」との国境になっている鴨緑江《おうりょっこう》を渡ると、吉林《きつりん》、牡丹江《ぼたんこう》、林口《りんこう》、東安《とうあん》と大きな街に停車するごとに救護班単位で降りていきました。そして、駅舎もない虎林駅で私たちは降ろされました。駅に一人の衛生兵が迎えに来ており、「あれが君たちの勤務する虎林陸軍病院だ」と指差す方角に、見渡す限り大草原の真ん中に赤レンガの病院が見えてきた。

三福婦長をはじめとする私たち二〇名の日赤従軍看護婦の救護班は、こうして虎林陸軍病院（約三〇〇床）に配属されたのでした。虎林という所は、隣の虎頭《ことう》と並んでアムール河を挟んでソ連と「満州」との国境地帯に築かれた関東軍の要塞地帯でした。そのため、存在そのものが極秘扱いとなっていて、私たちでさえ要塞地帯には一切立ち入りを禁じられていました。要塞に何人の兵隊さんがいるのか、どんな兵器があるのか全く極秘でした。

虎林陸軍病院は虎頭要塞の兵員の救護もカバーしていました。日赤従軍看護婦とは別に陸軍看護婦や陸軍衛生兵もたくさん勤務していて一緒に働きました。私はここで伝染病病棟の勤務となりました。その病棟は急性伝染病棟と慢性伝染病棟とに分かれていましたが、急性伝染病としては、腸チフス、パラチフス、赤痢、流行性脳脊髄膜炎、カラアザール、「虎林熱」と呼んだ風土病などが主な疾患でした。

ベッドに収容し切れない患者が廊下にまで溢れていました。高熱のために脳障害を起こしての大小便失禁患者は常時一〇人以上いて、尿瓶《しびん》交換やおむつ交換などで、まさに糞尿まみれの〝泥んこ天使〟でした。

私たちが配属された一九四四（昭和十九）年の夏は赤痢が大流行し、急性期病棟だけでは間に合わず慢性期病棟にも収容しました。志賀型赤痢は症状も重くて伝染力が強く、赤痢患者たちはとても苦しんでいました。そんな一人に香川県出身だという兵隊さんがいて、一日に数十回もの粘血便と渋り腹とで腸がとび出して極度の脱肛状態となり、苦しさのあまり「母さーん！　助けてーっ！　看護婦さーん！　助けてーっ！」

と泣き叫んでいました。

ところが、悪臭を嗅ぎつけた蠅がとび出した腸に産卵し、そのうちにウジ虫が湧き出すようにうごめくほどになりました。何とかピンセットで摘み出すのですが、取っても取っても取り切れないほどでした。その兵隊さんはとうとう数日後に亡くなりました。生きている人間にウジ虫が湧くのを見るのは初めての経験でしたのでショックでした。

従軍慰安婦

ある時、虎林要塞の街はずれに日の丸の旗が翻っている「慰安所」という看板を見ました。私たちは「きっと内地から慰問団が来ているんだわ」と喜んで連れ立って見に行きました。近づいていくと行列を作って順番を待つ兵隊さんから「お前たちが来るとこじゃないっ！早く帰れっ！」と怒鳴られました。何で怒鳴られたのかわからないまま、「何で怒鳴られなきゃならないの？」と、みんなで膨《ふく》れっ面で引き返したのですが、後であれが「従軍慰安婦」という兵隊の「性」の相手をさせられる哀しい女性たちの居所とわかりました。

そういえば、三島陸軍病院にいた頃、「十八番」という病名番号があったことを思い出しました。陸軍病院では病名も隠語が使われていたのですが、「十八番」とは梅毒や淋病などの性病のことでした。

「従軍慰安婦」にも格差があり、将校には日本人の慰安婦が、下士官・兵には朝鮮人と中国人慰安婦があてがわれたそうです。後になって「戦前・戦中を通して看護婦さんたちが無事でいられたのはあの従軍慰安婦がいたからだ」と言われた時には、不愉快を通り越して複雑な思いがしたものです。

逃避行と愛河《あいが》タコツボ戦

一九四五年四月頃、突然、たった一人しかいない弟・徳から虎林陸軍病院の私宛に手紙が届きました。中学校を卒業してからしばらくは地元の小学校で代用教員を務めていたのですが、戦局の悪化をくい止めようと海軍の予科練に進んでいたのでした。徳は勉強のよくできる心優しい弟でした。手紙には、「鬼畜米機をめがけて体当たりし、きっと大きな戦果を挙げてみせます」とあり、出撃前に愛機をバックに撮影したという一枚の写真が同封されていました。戦後になって一緒に出撃したもののエンジントラブルのために九死に一生を得たという弟の戦友が訪ねて来て、一九四五年五月四日の沖縄戦で戦闘機に爆弾を括りつけての特攻作戦で戦死したことを知りました。でも、その手紙が届いた時私は、「頑張ってきっと仇をとってね」と、最愛のたった一人の弟に軍国主義の権化のように胸の中でつぶやいたのでした。弟は満二十歳になったばかりでした。

戦後、帰国してから聞いた話では、母はその頃、超低空で御殿場の実家の屋根すれすれに三回も旋回していったゼロ戦を見たそうですが、それが弟の搭乗機だとは気づかず「可哀相なことをした」と悔しがっていました。出撃前に突然、休暇をもらって帰って来た折、「僕の机は絶対に開けないように」と言い残して隊に戻っていったのですが、戦死公報が届いてから机の引き出しを開けてみると、両親宛ての遺書と遺髪、写真が入っていたそうです。徳は、特攻で戦死したことにより二階級特進で海軍少尉として神社に祀られたそうですが、そんなことをされても弟はもう帰って来ないのです。

北満の春は遅く、五月になってタンポポが咲き出した頃、連日のように防空壕掘りの作業が続きました。すでにＢ29による東京大空襲や日本各地の空襲が激しくなっていましたが、「満州」の私たちには何も知らされず、無縁の出来事でした。それが突然、スコップ片手に防空壕掘りなんかをやらされたのでただならぬ気配を感じてはいました。

それればかりではありません。衛生兵の転属がこの頃から急に相次ぎ、そのうえ患者さえもまだ退院できる体ではないにもかかわらず原隊復帰して（復帰させられて）いくありさまでした。ちょうどその頃から「ソ連軍が攻めて来るらしい」という噂がまことしやかに流されるようになっていました。「いや、日ソ中立条約があるから大丈夫だ」と言う人もいるにはいましたが……。

こうして伝染病棟の中庭には横穴式の深い防空壕が完成しました。七月末だと記憶していますが、突然「全員、ただちに後退の準備をせよ」との指令が出されました。私たちは取る物も取り敢えず慌ただしく用意された軍のトラックに飛び乗って虎林陸軍病院を後にしました。配属から一年とちょっとでしたが、別れの挨拶もないままに着の身着のままでの移動でした。

後日談ですが、一九九一（平成三）年に開かれた「虎林会」という旧友会で、ある元衛生兵がこう言いました。

「もう時効だから話すけど、実は伝染病棟の中庭に作ったあの防空壕は、いざという時にそこに重症患者と看護婦を避難させたうえで、爆破して始末する計画があった」

それを聞いてわたしは、傷病兵や看護婦の命など一顧だにしない軍上層部の腐敗ぶりに愕然としました。戦闘の役に立たない者など足手まといと言わんばかりの計画に怒りが込み上げてきましたが、「軍の上層部がこんな思想だから満蒙開拓団の逃避行の悲劇も起きたんだ」とよく理解できました。

ソ聯對日宣戰を布告
東西から國境を侵犯
滿洲國內へ攻擊開始
北滿北鮮へ分散空襲
我方、自衛の邀擊戰展開
ソ聯兵力、逐次增强
朝鮮、樺太國境侵犯
日本海上で十四機擊墜
敵機動部隊再び近接

ソ連の対日宣戦布告を報じる新聞記事

軍用トラックで脱出した頃、ちょうどソ連軍が参戦し、国境を越えて凄《すさ》まじい攻撃をかけてきました。ソ連軍戦闘機が編隊を組んで次々と襲ってきました。縦列を組んで牡丹江めざして敗走する私たちを乗せたトラックの車列を狙って、次々と急降下しては低空からダダッ、ダダッ！と機銃掃射してきます。そのたびにトラックから飛び降りて蜘蛛の子を散らすように草むらに隠れました。

牡丹江を見下ろせる愛河まで来た時、「食料はもうこれだけだぞ」と乾パン一袋と缶詰入りの練乳一缶が支給されました。しかし、ここでも空爆は激しく、爆撃機からの空爆や大砲の砲弾が至る所で炸裂しました。そのたびに両手で眼と耳を塞いで窪地に身を寄せていました。そんな時、ある兵隊さんが「おいっ！　危ないぞ、早く隠れろ！」と怒鳴った瞬間、その兵隊さんは直撃砲弾を受けました。兵隊さんは吹っ飛び、一片の肉片だけが木の枝にぶら下がっていました。

私たち看護婦と女子の軍属全員に手榴弾二個と青酸カリが配られました。一個は敵戦車に投げつけ、もう一個は自決用でした。

愛河は牡丹江を見下ろす山の中腹にありましたので、牡丹江の日本軍基地が次々と破壊されて凄まじい爆発音とともに火柱が赤々と夜空を染めるのがよく見えました。

その頃、水野部隊長を始め、軍医、衛生兵たちは最後の決戦を挑むということになり、全員鉢巻姿で山中に消えました。戦車砲や大砲や迫撃砲の砲弾が飛び交い炸裂する中を、残された兵隊と私たち看護婦は「頑張ってね！」と励ましながらガソリンを詰めた火炎瓶をタコツボからタコツボへと配って飛び回りました。敵戦車が来襲したら手製の火炎瓶で戦車に体当たりしようというのだ。まだ十六、七歳の童顔の兵隊たちは、

「こんな最前線に看護婦さんがいるなんて感激です。これで僕も安心して死ねます」

と、にっこり笑ってくれました。戦後になって、あの時のタコツボの生き残りの方が著した本を読んで、彼らが学徒兵であり、終戦直前の八月十三日と十四日の二日間で九三〇名中、七〇六名が愛河で戦死したことを知りました。

その後、私たち生き残った看護婦は牡丹江に行くように指令され、空腹のままタコツボの

兵隊たちと別れて牡丹江に入りました。街の中心部は空爆と砲撃でほとんどが原形をとどめていませんでしたが、牡丹江陸軍病院の外形は以前のままでしたし、病室のベッドには毛布もシーツもそのままでした。ここの軍医や看護婦たちはどこへ移動したのかわかりませんが、私たちの到着と同時に次々と負傷兵が運び込まれて来ました。昨日まで一緒だった愛河のタコツボで頑張っていた兵隊たちも片腕、片足を吹き飛ばされた状態で運び込まれてきました。

「火事場のバカ力」とはよく言ったもので、小柄な私もこの時ばかりは大きな兵隊さんを背負って二階の病室まで二、三段も飛んで駈け上がったものでした。しかし、鎮痛剤も止血剤も化膿止めもないので、シーツをビリビリ引き裂いて包帯代わりにして圧迫止血するしかありませんでした。こうして仮包帯の応急処置の合間にも次々と出血多量でショック死していきます。もう混乱の極みでした。

結局、牡丹江陸軍病院に担送された患者のほとんどは亡くなったのでした。そして、間もなく「牡丹江から最後の列車が出る。その列車で患者を移送せよ」という指示が出され、自力歩行できる患者、背負える患者だけを列車（といっても無蓋貨車）に運び込みました。動かせない重傷者は衛生兵が〝処置〟したということでした。

牡丹江を出発した列車は、途中何度も立ち止まりながら何日もかかってハルピンに着きました。無蓋なので雨が降るとドブネズミのように全員ずぶぬれで、患者が垂れ流す大小便と血液とで何とも言いようのない悪臭が漂っていました。時々、線路伝いにふらふらと歩いて逃避行を続ける満蒙開拓団の一団を見た時には、本当に不憫で不憫で今思い出しても悔やまれます。「この子だけでも乗せてください！」と貨車にしがみつく母親。しかし、貨車も患者でいっぱいで乗せられません。班長は「後からすぐ別の列車が来るから」と言って断るのだが、もちろん後続の列車などない……。

●●●拉古《らこ》難民収容所での無惨な日々●●●

よれよれの制服と悪臭のままやっとの思いでハルピン駅に辿り着いた時、駅構内のあちこちで将校も兵隊も民間人もみんなおいおいと泣いていました。その異様な雰囲気から日本は負けたのだとすぐにわかりました。

牡丹江陸軍病院から無蓋貨車に乗せてきた傷病兵はここで満州日赤病院へ引き継がれることになりました。その途端、空腹と寝不足と敗戦によるショックとで虚脱状態になり、その場にへたへたとへたり込んでしまいました。患者の前では気丈に振る舞っていたのに一人が泣き出すとみんなで泣いてしまいました。涙がとめどなく溢れて、肩を寄せ合って泣きました。

私たちはソ連軍の捕虜になったのでした。マンドリン（ソ連製軽機関銃）を肩からぶら下げたソ連兵に両側を監視され、ぞろぞろと歩かされました。歩いては眠り、眠っては歩く、とにかく仲間から落伍しないように手を繋《つな》いで夢遊病者のような足取りでふらふら歩きました。辿り着いた所は森村誠一さんの『悪魔の飽食』で有名な、石井部隊が何千人もの中国人を生体実験で殺した平房《へいぼう》という大平原のど真ん中に造られた基地でした。

ふらふらの状態で辿り着いた時、基地の中をウサギやモルモットがピョンピョンと飛び回っていました。ご馳走が飛び回っているようなものですからすぐにも食べてやろうと思って捕まえようとしたところ、「ここは細菌戦部隊の跡地だ！　チフス菌、ペスト菌がうようよいるから勝手に触ってはならない！」と衛生兵の上官に叱りつけられました。それでも空腹には勝てません。動物は危険なので遠慮しましたが、カボチャやジャガイモを取ってきてはシンメルブッシュ（煮沸消毒器）で茹《ゆ》でて食べた味は忘れられません。

虎林を脱出して一か月余り、私たちの着ている看護服は汗と泥と血液とで悪臭を放っていたうえぼろぼろでした。ところが幸いなことに、ここ七三一部隊の跡地には暗幕のカーテンがあったので、表地でブラウスやモンペを作り、裏地の赤いビロード生地で赤十字の腕章を作りました。三角巾にも赤い十字をつけてナースキャップを作りました。そうすると、虚脱状態から覚めて「自分は日赤看護婦なんだ」という自覚が湧いてきました。

十日間余りここにいて、拉古難民収容所というところに歩いて移動しました。そこは以前は学校だったようでしたが、ハルピン周辺の満蒙開拓団の家族や市内にいた日本人の難民で溢れ返っていて、二、三万人ぐらいが木陰を求めて横たわっていました。

ひどいのはトイレで、地面に穴を掘っただけの仮設便所は下痢便、粘血便が山のようになって、その表面には金蠅、銀蠅が真っ黒くたかっているのです。その仮設便所が糞尿でいっぱいになると土をかけ、すぐ隣にまた穴を掘って作るという繰り返しで、衛生状態は最悪でした。これでは伝染病の発生源になってしまうと思っていてもどうすることもできませんでした。薬も包帯もガーゼも何もない状態だったのです。

「看護婦さん！　水をください！」と言う人がいました。近くの小川からスカンポ（イタドリ）の葉っぱで水をすくってきて飲ませてあげるとその人は、「ありがとう」と言って息を引き取りました。小川の上流には死体が浮いていたことさえありましたが、ほかに水の供給場所はありませんから、その水で最期の水を与え続けました。

「あの人が死んだら着ている服を私にください」と言う人もいました。それはまだよいほうで、まだ生きているのに無理やり引き剥がしている人もいました。まるで地獄のような状態でした。

すでに死んでしまってミイラ化した赤ちゃんの遺体を抱きしめて離そうとしない若い母親。

収容所の横には遺体の捨て場（あえて墓場とは言いません）がありました。「満州」の夏は暑いので死体はすぐに腐乱します。凄惨を極めたのは赤ちゃんや子供の死体です。大人の死体に混じって子供の死体があると、狼や野犬はまず軟らかい子供の死体から食い散らかします。そんな子供の前腕骨だけが大人の死体の間からニョキッと飛び出ているのを見るのはしばしばでした。もう正視に堪えられる光景ではありませんでした。

靴がぼろぼろになり、長距離を素足で歩いて来た母親の踵《かかと》は壊死《えし》を起こして腐って取れそうでした。やっと収容所へ辿り着いたのも束の間、日本人看護婦の姿を見て安心したのか、「看護婦さん、この子を頼みますよ」と弱々しい声で言い残して絶命しました。連れの十歳くらいの女の子はぼろぼろの布切れを身体に巻きつけているだけで、そのうえ陰部がまるでザクロのように大きく割れて爛《ただ》れ、下腹部まで紫色に皮下出血していました。明らかに強姦された痕跡でした。その子も「痛いよう！　苦しいよう！」と泣きながら数日後に息を引き取りました。

やがて秋が来ると、さすがに北満の九月、十月は日本と違って寒い。寒さをしのぐためにはそのための衣服が必要です。死体から衣服を剥がす作業は私たち看護婦の仕事でした。人を生かす仕事のはずだったのに、死体から衣服を剥ぎ取る仕事をさせられるなんて……。しかし、「一人でも多くの人を生かすため」と言い聞かせて黙々と服を剥ぎました。

寒さ、飢餓、栄養失調、不衛生、情報不足で絶望的な難民たちを、さらに蠅、蚊、虱《しらみ》、蛆《うじ》虫《むし》、南京虫までが執拗に攻撃してきます。寒くなるにしたがって、死者がどんどん増え続けました。毎朝十人から二十人ぐらいが朝日を見ることなく絶命していきました。

そんな頃、私たち看護婦の仲間からも犠牲者が出ました。松浦看護婦は同性から見てもとても美人でした。四〇度を超す熱が続いたある日、私の手をぎゅっと握って言いました。

「私が死んだら日赤の制服を着せてね。きれいにお化粧もしてね」

そう言って松浦さんは息を引き取りました。一九四五(昭和二十)年十一月のことでした。

それから次々と発疹チフスにかかり、三福婦長も倒れました。私もとうとう発病し全員が発症してしまいました。それでも私たちはそれぞれの時計や万年筆を中国人に持って行っては砂糖や塩などと交換し、何とか栄養をつけて回復することができました。

やがて、冬が来て男はすべてシベリアに強制連行されました。残された女、子供ばかりの難民は少しでも暖かいところへと南下し、私たちは再び牡丹江へ戻りました。牡丹江陸軍病院では池田軍医が責任者で、「ソ連軍が来るらしい。女性であることを隠すために全員丸坊主になれ!」と命じました。私たちは交替でバリカンで全員の頭を丸坊主にしました。そして軍服に着替えました。

それから何日かしてソ連兵たちがやってきました。彼らはマンドリン(銃のこと)を突きつけ、「女を出せ！」と息巻いて叫びましたが、私たちは「死ぬ時は一緒よ！　絶対に手を離すな！」と全員でスクラムを組みました。

その時、他の部隊から合流していたS少佐が、「身の安全のために貞操を捨てろ！　ソ連兵を刺激するんじゃない！」と怒鳴るように言いました。三福婦長がすぐ反撃しました。

「私たちは日赤看護婦です。撃てるものならこの私から撃ちなさい！」

そう言って三福婦長は両手を広げ、ソ連兵たちの前に立ちはだかりました。そして、S少佐を睨みつけながらソ連兵を横睨みしました。ソ連兵はその形相に怖気づいたのか、二、三歩後ずさりし、ペッ！と唾を吐き捨てて出て行ってしまいました。その後も何度かソ連兵がやってきましたが、私たちは三福婦長のもとに団結して誰一人として犠牲者を出しませんでした。

八路軍の野戦病院

一九四六（昭和二十一）年春、ソ連軍が撤退し、私たちは中国共産党の八路軍の管理下におかれました。その頃、蒋介石率いる国民党軍と中国共産党の八路軍との間で「国共内戦」が中国全土で繰り広げられていたのですが、私たち日本人の看護婦も八路軍のもとに動員され

1949年に中国で開かれた平和のための国際会議に出席（前列左から2人目が筆者）

たのです。

戦場が移るたびに八路軍とともに行動を共にしました。牡丹江～瀋陽～漢口～上海と直線距離でも一〇〇〇キロ以上を中国大陸を北から南まで移動しました。移動のたびに私たち日赤看護婦は一人、また一人と別々に分散させられ、それぞれその部隊で中国人衛生兵や看護婦たちに看護教育しながら野戦病院に勤務したのでした。野戦病院といっても病院らしい建物や施設があったわけではなく、学校を収用したところはましなほうで、お寺や民家を借り、戸板をベッド代わりにした粗末なものでした。

一九四四年に虎林陸軍病院に配属された時、私たち日赤看護婦は二〇名でしたが、国共内戦のさなかに五名が中国で命を落としました。

私は「満州」に渡ってから十四年後の一九五

八（昭和三十三）年、最後の帰還船で舞鶴港に復員しました。
あの戦争から七〇年が経ちました。もう戦後生まれの「戦争を知らない」世代が八〇パーセントを超えるそうです。ところが今、かけがえのない平和憲法を変えようと、だんだんと戦前のような暗黒の時代に再び戻そうとする勢力が勢いを増しています。とても残念なことです。私は健和会を定年退職して、現在は「元日赤従軍看護婦の会」の会長として、「日赤九条の会」で微力ながら活動しています。

　ともすると忙しい毎日の日常に埋没してしまいがちですが、私のささやかな体験がみなさまのこれからの人生に何ほどかのお役に立つのであれば望外の幸せです。

（文責・高橋俊敬）

日赤本社中庭にある殉職救護員慰霊碑

II

猛火に追われて

――【空襲・被爆体験】

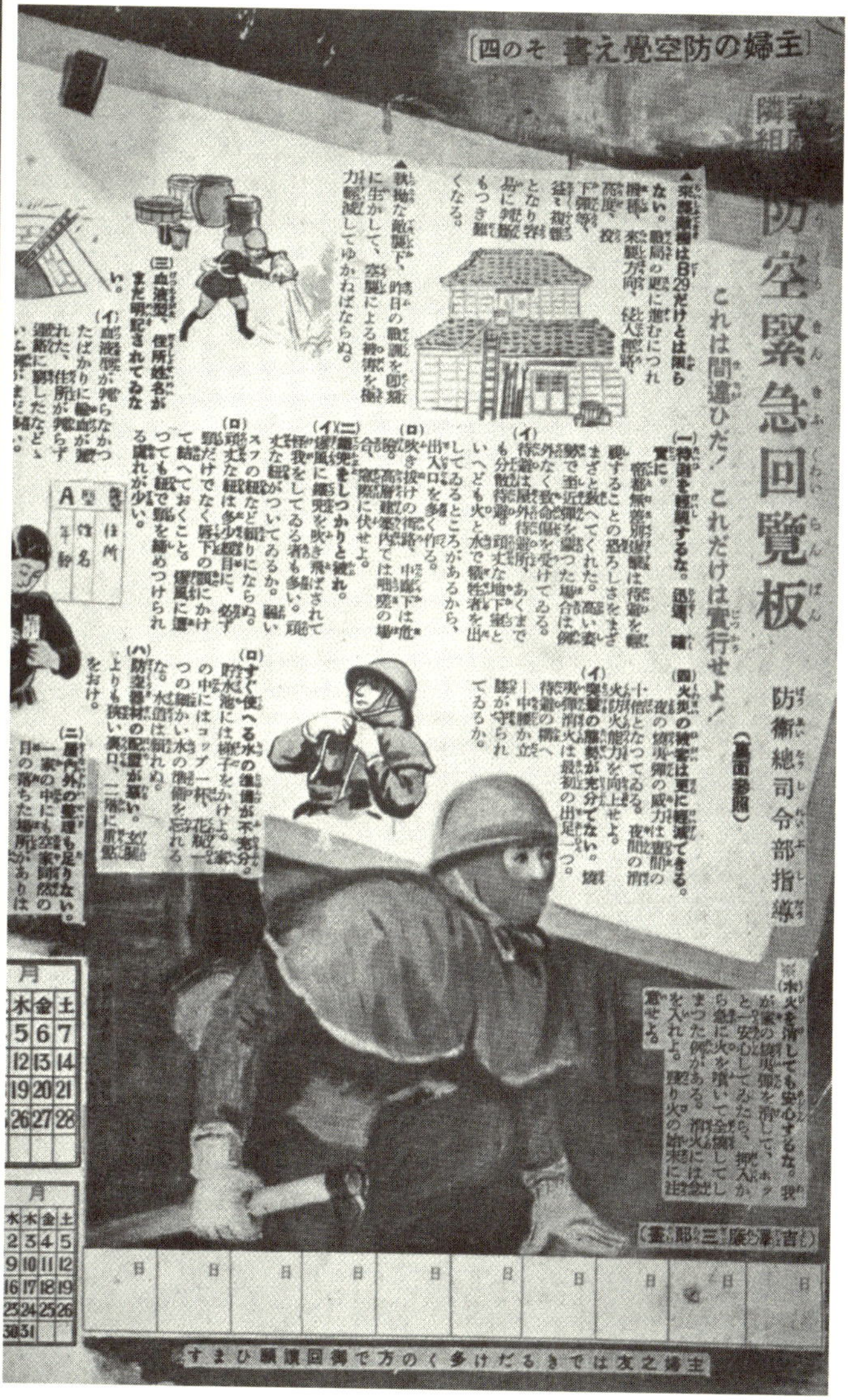

空襲に備えての回覧板

忘れまじ　東京大空襲

星野《ほしの》　弘《ひろし》

●一九三〇年十月、東京都墨田区に生まれる。八十四歳。

●現在、東京都墨田区在住。

●●●向島生まれの三男坊●●●

私は一九三〇（昭和五）年十月、当時の東京市向島区吾嬬西三丁目（現墨田区文花三丁目）に生まれました。父母と姉三人、兄二人に弟一人の七人きょうだいの三男でした。

父は精工舎（現SEIKO）の職制で厳格な人でした。高専に進学して実家にいなかった長男とは十二歳以上も離れていたこと、長女とも年齢が離れていたこともあって、一番上の長男、長女はきょうだいというよりは盆暮れに顔を出す〝親戚〟のような感じでした。だから、私の年少時代の思い出と言えば、一番下の兄貴と姉と弟と過ごした日々ばかりなのです。

私は一九三七（昭和十二）年四月、向島区立請地《うけち》尋常小学校に入学しました。しかし、私は下の姉さんたちとままごと遊びをしたり、女の子とばかり遊んだりする変わった子だったので、心配した父が男らしく鍛え直すことを期待し、私を少年団に入れました。同じ頃、剣道の先生だった担任の先生から勧められて剣道も始めました。しかし、先生は間もなく召集され、それから一か月後に戦死してしまいました。少年団を指導していた先輩も、出征からわずか二、三か月で戦死してしまいました。

私が五年生に進級した一九四一（昭和十六）年から請地尋常小学校は請地国民学校と名前が変わりました。ちょうどその頃から少年団は学校単位に再編成されました。私は少年団でラッパ手でしたので、学校行事でもラッパ手をさせられました。ラッパと大太鼓、小太鼓などの鼓笛隊を編成したり、夏休みにはキャンプにも行きました。楽しい思い出のひとつです。

やがて日中戦争の泥沼化に加え、アメリカ、イギリスを相手にしたアジア太平洋戦争へと拡大してからは白木の箱に納められた〝英霊〟（戦死者）を迎える行事にも少年団が動員されるようになりました。あらかじめ英霊の到着日時が知らされると、十間橋まで隊列を組んで出迎えるのです。そして北十間川にかかる十間橋の袂《たもと》まで黒塗りの乗用車で運ばれた遺族が白木の箱を胸にして下車すると深々と最敬礼して整列ラッパを吹き、道の両側に並んだ人々を整列させ、「輝く御稜威《みいつ》」「国の鎮《しず》め」を吹奏しながらゆっくりと行進し、橋の真ん中を通って道路の両側でお辞儀する町会の人々や在郷軍人会、国防婦人会の人々に見送られ、その中をくぐり抜けて東武亀戸線の踏切まで葬送行進しました。

しかし、戦争の推移とともに白木の箱に納められた〝英霊〟の出迎えが増えてきたためか、あまりにも頻繁すぎて勤労動員などに差し支えるためか、中止されるようになりました。

私の少年時代はこのように少年団活動でどうにか男の子らしくなったのですが、弟は私とは対照的にケンカ早くて、メンコはとにかく強くて強くて男気があるというのか、いわゆるガキ大将でした。でも、私も普段はおとなしいのですが理不尽なことや、弱い者いじめは許せない質《たち》でしたから、錦糸町で戦後、眼鏡屋を開業した宍戸君などは少し吃《ども》りがあってよく苛《いじ》められていましたが私が何度か助けてあげたことがあったので、戦後会うたびに「星野君にはいつも助けられた」とうれしそうに言っていました。

一九四二年四月、アメリカ陸軍機Ｂ25によるドーリットル東京初空襲を目撃しました。小学校高学年でしたから、突然の高射砲の発射音に驚いて北西上空を見上げると、太陽の光の関係で逆光になった双発エンジンの真っ黒い機体がはっきりと見えました。かなり低空飛行だったのを覚えています。

しかし、それからが大変でした。それまでは真珠湾奇襲攻撃以来、連戦連勝でラジオから流れてくるニュースは、毎回のように景気のよい「軍艦マーチ」とともに「どこそこを占領した」というニュースばかりだったのに、アメリカ軍が本土爆撃を敢行したということに政府・大本営は驚愕したそうです。

それ以後、婦人のスカートの禁止（法的に禁止したのではなく、スカートが着用できないように世の中の雰囲気が作り出された）とモンペ着用の励行、パーマネント禁止、ハイヒールも禁止、英語は敵性語として禁止され、サッカーは蹴球、バスケットボールは籠球などと無理やり日本語にされました。

一九四三（昭和十八）年三月、国民学校を卒業すると私は都立本所工業学校（この年から五年制の本科のみとなった。現在は葛飾区水元に移転）機械科に入学しました。しかしこの頃になると、次々と働き盛りの青年たちが兵隊として徴兵されてゆくため、不足する労働力を補うために、間もなく私たちも勤労動員されることになりました。そのためまともに教室で勉強した覚えはほとんどありません。

そうした頃、本所工業学校の隣にあった小学校が学童疎開で児童が少なくなり、そこに陸軍部隊が駐屯していました。その陸軍部隊の初年兵と私たち剣道部が練習試合することになり、初年兵たちに圧勝したことがありました。

●●●勤労動員●●●

一九四四（昭和十九）年八月、私たち本所工業学校の生徒が動員されたのは、当時、城東区の北砂町にあった鋳物工場でした。この工場は軍需工場として戦車の動輪や駆動輪を作っていました。動輪の鋳型《いがた》に銑鉄《せんてつ》を注ぎ込んで型枠通りに作るわけですが、工場の四十代、五十代の小父さんたちから、電気炉の使い方や鉄材の投入法などすべての技術を仕込まれました。

鋳型に流し込む銑鉄は、鉄鉱石だけではなくスクラップの屑鉄など何種類かの軟鉄との混合で作るのです。それらをスコップで電気炉に投げ込むのですが、未成熟な体の少年たちにはきつい労働でした。しかも職人さんたちと同じ労働をしても私たち勤労動員の生徒たちには給与は支給されず、学校から「全額貯蓄する」と言われましたが、結局戦後になってもビタ一文支払われませんでした。この鋳物工場だけでも私たち機械学科の百名が勤労動員で毎朝八時から午後四時まで働かされました。

だんだんと仕事にも慣れてきた秋頃から空襲が本格化しました。サイパン、テニアン、グアムなどが次々と玉砕（全滅）して長距離重爆撃機B29の出撃基地ができたためです。

この年の十一月、中島飛行機武蔵野工場への空爆が開始されました。最初は軍事施設と軍需工場が狙われました。私の家にも父と二人で作った防空壕がありましたが貧弱でしたので、本格的な防空壕にしなければと、鋳物工場から帰宅すると父が大切に育てた盆栽や植栽を掘り出し、庭の真ん中に防空壕を掘って作りました。毎日、帰宅しては少しずつスコップで土を掘り出すのですが、向島区はゼロメートル地帯なので腰が隠れるほど掘ると水が出てきます。仕方ないので水が上がるぎりの高さに板を敷き詰めて板の間の床を作り、次に土を四辺に盛り上げて壁を作り、屋根には板を渡してその上に土を盛り上げて半地下式の防空壕を完成させました。

実は、この年の春、厳しい中に優しさのある大好きだった父が突然倒れて亡くなっていました。今でいう突然死でした。父は精工舎の職制だったこともあって、会社からの弔慰金とわずかながらの貯えがあったため、母は「勉強だけは続けなさい」と学校には通わせてくれていました。

八月になると、小学生の集団学童疎開が開始され、私の弟も茨城県友部に疎開しました。下の姉は女学校の勤労動員で現在の柳原病院前の運河の南側にあったカネボウの寮に入って、二十四時間態勢で飛行兵のパラシュートを作っていたそうです、カネボウも軍需工場だったのです。下の兄は予科練を出てB29を迎撃する雷電戦闘機のパイロットをしていました。厚木航空隊所属で私の自慢でもあり憧れでもありました。長女はすでに現在の中山競馬場のすぐ近くの農家兼野菜仲買人の義兄に嫁いでおり、わが家は母と次女と私の三人暮らしでした。

配給の食糧だけではとても食いつなげないので、庭を畑にして野菜を作っていました。

●●●三月十日●●●

あの日の前日の三月九日、たまたまカネボウに勤労動員されていた三女がひょっこり現れて家にいました。夕飯は母がどこからか調達した茹《ゆ》で小豆で三女を歓迎しました。私は勤労動員の疲れで早い時間に床に就きました。

夜九時頃、警戒警報が鳴ったのでいったん起きたのですが、十時半頃には解除されたので鉄兜を枕元に置いてぐっすり寝込んでいました。

と突然、母に身体を揺すられて目が覚めました。「空襲だよ!」と言われ、雨戸を開けた瞬間、本所、深川、浅草方面の目の眩《くら》むような真っ赤な光景が飛び込んできました。慌てて母、姉と庭の防空壕に逃げました。

やがて家の前の道路は、家財道具を担いだりリヤカーを引いたりの避難民でごった返し始めました。防空壕の中にいても焼夷弾が発するヒューーヒューーという不気味な音が聞こえます。遠くの方では爆発音も聞こえます。

一時間ぐらいしてからでしょうか。「請地小学校が燃えるぞうっ!」という声が聞こえたの

さらなる空襲を予告する米軍の謀略宣伝ビラ（伝単）

でいったん防空壕から出て見ると、校舎にぱっと火がついた瞬間、ボーッという轟音とともにあっという間にガラス窓が飛び散り、木造校舎の全体から炎が噴き上がりました。

その直後、請地小学校に避難していた人々の荷物にも火がついて激しく燃え上がり、火の粉が赤い吹雪のようになって吹きつけてきました。ときどき直径一メートルほどの火の玉も飛んできました。烈風に巻き上げられた避難者の布団でした。

ザアーッという豪雨の降るような音がしたな、と思ったら頭上から焼夷弾が雨のように降ってきました。わが家は三方を火に包まれ、もう駄目だと思ったちょうどその時、裏の家の小父さんたちの「星野さーん！　大丈夫かあっ」という大声が聞こえました。直後、小父さんたちはわが家の板塀をバリバリと破って脱出口を作ってくれたのでした。

家の裏側は池を埋めた埋立地になっていたので、脱出口からひとまずそこに逃げました。しかし、辺りはもう火の手が回っていてとても逃げられそうにありません。それでも寺島方面はまだほの暗くまだ焼夷弾が落とされていないようだったので、隅田川の向こうの寺島方向を目指して母と姉の手を引いて逃げました。

その時の私の格好は布団を背負った妙な格好でした。そして間もなく第四吾嬬《あづま》小学校に辿り着きましたが、すでに立錐の余地もなく避難者で溢れていました。諦めて右往左往する避難者と押し合いへし合いしながら、まるでおしくら饅頭をしているような状態で何とか原公園まで逃げました。

ところが、ここも避難者でいっぱいで、とても私たち家族が腰を下ろすどころではありません。仕方なくまだ火がついていない暗い方へ暗い方へと四人で走りました。資生堂の倉庫の一部が燃え上がっていました。明治通りは火勢の通り道になって、バタバタと人が倒れているのが見えました。火の粉がものすごい勢いで飛んできて、まともに目を開けていられません。

やっと隅田川にぶつかる堤通りの百花園近くの土手まで来た時、そこはまだ火勢が達していませんでした。家人が避難して空家となった他人の家の前の路上に背負って来た布団を敷き、母親を休ませました。ゴオーッ、ゴオーッという猛火が家々を舐めるように燃やし尽くす音と北風のビュービューという音。

「もういよいよ駄目か、母と姉と一緒にここで死ぬんだ」と諦めかけた時、おそらく午前四時頃だったと思いますが、突然風向きが変わってあれほど吹きまくっていた風がぴたりと止みました。そこで私は母と姉をその場に残し、わが家に戻ってみました。火に煽《あお》られながらやっとわが家に辿り着くと、家は完全に焼け落ちていました。庭の防空壕はまだ火がついたばかりで何とか消せそうでした。水道の蛇口から出っ放しの水を鉄兜《てつかぶと》ですくってはかけすくってはかけして、何とか火を消しました。

落ち着いてくると目がよく見えないことに気がつきました。業火の吹き荒ぶ中を逃げたため、角膜を火傷していたのです。しかしともあれわが家の人間はみんな助かったのでした。それから母と姉と三人で中山に嫁いでいる長女を頼って奥戸街道をよたよたと一六キロも歩き、その日のうちに何とか辿り着きました。長女は「よくぞ生きていてくれた」と言って喜んでくれました。

翌日の十一日、母が「長男の娘(孫娘)が心配だ」と言うので、私は高田馬場まで徒歩と電車で行きました。幸い高田馬場は空襲被害もなく、兄一家は全員無事でした。帰り道、勤労動員されていた北砂の鋳物工場まで上野駅からずっと歩きましたが、その時に見た光景はとても忘れられないものでした。

焼死体が道なりに累々と横たわっていました。わずか縦横一メートル足らずの小さな防火用水のような遮蔽物《しゃへいぶつ》のある所には、決まって何人もが折り重なるようにして死んでいました。真っ黒に炭化していたり、子どもを猛火から庇《かば》うように焼け死に、その下で眠っているように死んでいる子ども……。たくさんの焼死体がそこここに転がっているのです。

空襲の翌日でしたので軍と警察のトラック部隊による〝整理〟は浅草通りなどの大通りだけで、少し横道に入ると焼死体の山でした。真っ黒に焼け焦げた死体を踏まずに歩くことができないほどでしたが、踏まないよう慎重に歩いて北砂まで行ってみました。工場は跡形もありませんでした。溶鉱炉のような鋼鉄製の機械も飴のようにぐにゃりと溶けていました。鋼鉄が溶解するほど炎は高温だったのです。柳島の市電車庫のチンチン電車は、すべて車体の鉄枠だけ残して真っ黒に焼け焦げていました。脱出した電車の車体の周辺には、たくさんの人たちがまるで真っ黒なマネキン人形のような姿形で炭化して横たわっていました。

焼死体の〝整理〟

避難して一週間ほど経ってから、国鉄中山駅の近所に住む本所工業の先生を訪ねると、「おお、星野は無事でいてくれたか！」と喜びながら「ところで、警視庁から各学校長あてに連絡が来ているので、クラスの者に学校に集合するよう伝えてくれないか」と頼まれました。私は足立、葛飾、江戸川の生き残っていた級友たちを徒歩で訪ねて伝えました。三月末に学校に集まったのは八人でした。

本所工業学校は三月十日の空襲の夜、当直教師と交代で学校に泊り込んでいた生徒と避難者のみんなで必死に消火活動をした結果、音楽教室の一部を焼失しただけで奇跡的に焼け残っていました。

三月末から六月末までの三か月間、私たち生徒隊は、警防団や応援の陸軍部隊などと一緒に〝焼け跡整理〟に動員されました。

この時の作業で見た光景は、今もなおうなされる悪夢のような光景でした。

私たちはトビ口で焼死体の後片づけをさせられました。北十間川などの運河には川面一面に焼死体が浮いていました。死体は大半が溺死で、着衣の乱れもなく、顔もまるで生きているように白いのです。その溺死体の服に鳶口《とびぐち》を引っかけてたぐり寄せ、それから引き揚げるのですが、重くて引き揚げられません。そこで頸椎《けいつい》か脚に鳶口を刺し、数人がかりで「せいのーっ」と持ち上げました。死体は焼けトタンに乗せて錦糸公園まで引っ張っていきました。

この話をすると今でも悪夢にうなされます。四月、五月になると死体の腐乱も激しくなり

焦土と化した東京下町一帯

ます。自分では気づかないのですが、家に帰ると母や姉から「臭い！　臭い！」と嫌がられました。

ところで、この〝整理作業〟は焼死体の後片づけだけではなく、金属回収作業も兼ねていました。〝帝都〟が見渡す限りの焼け野原になった後もなお、金属を回収して戦争を継続するつもりだったのです。私たちが担当した区域は本所の北側の現在の錦糸公園でしたが、集められた焼死体はその公園に仮埋葬しました。

五月頃のことだったと記憶していますが、北十間川に船底だけを水没させて、水面から上の部分は焼けてなくなった船の残骸を発見しました。何気なく船底部分を鳶口でひっくり返したところ、まだ生きているような二十代の若いお母さんと、その髪の毛を摑んだままの赤ちゃんの死体が浮かび上がってきました。船底の下に潜っていたため直接空気にふれずに腐敗が進行しなかったのだと思いますが、その不憫《ふびん》さに胸が打たれました。死体に見慣れていた私にもそれは衝撃的でした。戦争さえなければ幸せな子育てもできたでしょうに。

このつらい作業は六月末になってやっと終了しました。

空襲犠牲者の霊を背負って

やがて、新しい動員先が新小岩の軍需工場に決まり、八月十五日朝八時に省線新小岩駅に集合せよとの連絡がありました。その後また連絡が入って、重大放送があるので本所工業学校に集合するようにと訂正されました。

本所工業に行くと、私は校長室に呼ばれました。先生方がそろっていて、やがてラジオから重々しい君が代が流され、昭和天皇の〝玉音放送〟が始まりました。

終始無言でうつむいたまま聞いていると、体育教師が「失礼！」と言って中座し、その後を追うように学校に配属されていた陸軍大尉が軍刀でドン！と床を突いて校長室から出ていきました。私には何が何だかわかりませんでした。やがて先生たちが口々に「日本は負けた」と言って泣いているので、やっと日本が負けたことを知りました。

その夜、長い間、灯火管制であった家々に電灯が灯されました。わが家も明るい電灯の下で、母や姉の明るい顔が映し出されたことを思い出します。

私の自慢だった次兄がこの年の五月十七日、紫電改という当時の日本海軍の傑作機に搭乗し、九州沖で米軍機に撃墜され戦死していました。このことが知らされたのは翌一九四六年のことでした。

三男坊だった私が子どものいない深川の叔父さんの養子になる話は父がまだ元気だった頃にまとまっていたのですが、父の急逝や私の勤労動員などで延び延びになっていました。ある日、通りがかった猿江公園の死者の氏名が判明した木札の中に偶然その叔父夫婦の名前を見つけ、呆然としました。

私は当時十五歳でした。体こそまだ半人前だったかもしれませんが、少年時代に焼きつけられた記憶はいまなお鮮明です。この記憶が残っている限り、犠牲者を供養し被災者を救援しなければと、今は「東京大空襲訴訟原告団」の団長として働いています。

東京の空襲死者は十万人を超えています。広島、長崎、沖縄も十万人以上の死者を出していますが、立派な平和公園に追悼碑、資料館などで犠牲者の追悼と戦争の真実を後世に伝え、若い人たちの勉強の場にもなっています。

軍人・軍属には恩給や各種の補償として、戦後五十四兆円の税金を投じ救済しています。

民間人には一円の見舞金も出していません。

民間人犠牲者の人権が守られ、その尊厳を守りたいと思っています。

東京には独立した公的施設はありません。東京都慰霊堂は、震災祈念堂の名称を変えたもので、空襲犠牲者の氏名不詳の遺骨、十万五四〇〇体が納められた仮住まいです。

私たちは政府の責任を問い、犠牲者への謝罪と補償を求め、「空襲被害者等援護法」の実現をめざして、ひきつづき全力で奮闘する決意です。

みなさまの変わらぬご支援、ご協力を心からお願いします。


（文責・高橋俊敬）

今も想う東京大空襲

岡田《おかだ》　厚美《あつみ》
●一九三一年五月、東京都江東区に生まれる。八十四歳。
●現在、東京都豊島区在住。

その夜とつぜんに

忘れもしないその夜。とつぜん父が独り言のように言った。

「どうも今夜はおかしい」

「えっ、なにがおかしいの」

私は無邪気に反問した。父は煙草をのんでいたが灰皿に棄てた。そばに鉄兜《てつかぶと》が置かれている。

「お婆ちゃんは二階か」

「はい。もう寝たかもしれない」

平和な、いつもどおりの会話だった。しかし父はラジオ放送を聴きながら真剣な顔を見せていた。

「もし警戒警報が解除になっても、このままで終われるかどうか」

「えっ、どうして。お婆ちゃんを起こすの」

私もつられて本を閉じ、鉛筆を筆入れに戻した。

その夜とは、昭和二十（一九四五）年三月九日の午後十一時過ぎ。

それは、太平洋戦争の中でも原爆投下に次いで非道とされる、アメリカ空軍の無差別爆撃が広範囲におこなわれる一時間ほど前の深夜のことである。

中学生でしかない私にも、戦争は容赦なく襲いかかってきたのだ。

記録によると、死者一〇万人、罹災者一〇〇万人といわれる東京大空襲は、三月十日午前零時八分に深川地区へ焼夷弾が投下されて始まった。約二時間で爆撃は終わったものの炎はおさまらず、その後も朝まで燃え続け、東京の約四分の一を焼き尽くして終わった。

私はその頃、東京下町の城東区（現江東区）亀戸町四丁目に父と祖母と三人で住んでいた。

母と妹三人の四人は一九四三（昭和十八）年の学童疎開開始に合わせて、母の実家がある宮城県牡鹿郡渡波《わたのは》町（現石巻市）に疎開していた。

三月九日の午後十時半過ぎ、「敵目標が南方洋上にあり」とラジオで警戒警報が発令された。

「またいつもの敵情視察だね、父さん」

私はそう言葉をかけながら、復習に余念がなかった。といっても、時々あくびをしながら。

私はその頃、南千住にある東京都立航空工業学校の一年生で、その夜は飛行機の設計入門の本を読んでいるところだった。そこには世界中の軍用航空機の機種・性能や写真が載っていた。当時、私たちの学校では敵の飛行機の機種を記憶するのが流行していたが、この本はその知識を得る絶好の参考書でもあった。今の人が携帯電話やコンピュータの機種を覚えるのと同じだろう。私は設計入門よりそちらのほうに興味があった。

その後のラジオ情報では「敵機は南方洋上に退去しつつあり」ということである。その時、父が今夜はおかしいとつぶやいた。

「どうもおかしい。今夜はBさんの動きがよくわからない」

Bさんとは、米軍の戦略爆撃機B29のことだ。ありがたくない訪問者だが、毎晩のことなので、いつのまにか愛称で呼ぶようになっていた。それは私たちがまだ手痛い爆撃を受けていない余裕のなせるわざだったかもしれない。

「もしBちゃんが来ても、いつものように焼夷弾を何発か落として終わりじゃないの」

私は上の空で言う。この頃は誰もが警報に慣れてしまっていて、警戒警報くらいでは防空壕にも入らないのが日常となっていた。

「とにかく去年までは城東区に一発も落ちたことのない焼夷弾が、今年一月に落ちてからアメリカの様子がおかしいような気もする」

父はいぶかしげな表情で自分の判断を述べていた。

「この頃みんな、空の定期便だって言っているくらいだから、今夜もまた防空壕に入っただけですむと思うけど」

私はあくまで楽観的だった。

今年に入ってから毎晩のようにアメリカの爆撃機が東京上空を侵犯していたのは事実だった。二月には昼間、大がかりな編隊が雲上から多量の焼夷弾をばらまいたりと、昨年までとは少し様相が変わりつつあった。しかし、大人たちも言っている「城東区は神様に守られているから大丈夫」という言葉を、私もどこかで信じているふしがあった。

「それならいいが」と言いながらも父は、いつになく不安そうだった。そして父の杞憂はまもなく事実で証明される。

その頃、米軍機は日本のレーダー探知を避けるために東京湾を超低空で飛来し、東京上空に迫っていたのだった。まだ空襲警報が鳴らないうちに、早くも爆撃が開始されたことになる。深川地区（現江東区）と、私が住んでいる下町が中心で、まず周辺から爆撃し、火の手が上がった。私たちは逃げ場を塞《ふさ》がれたかたちになっていたようだ。

●●●雨霰の焼夷弾●●●

空襲警報が出たのは十日に日付が変わった零時十五分。家の二階から見ると、浅草の方向が空一面赤く染まり、火柱のような炎に包まれていた。ズシンズシンという遠雷のような音が響き、飛行機の爆音も威圧するように低空から聞こえる。さらに三十分くらいして玄関を開けてみると、荷物を背負った人々が列をなして早足で過ぎる。大人も子供も防空頭巾を目深にかぶっていた。わが家の周辺にも火の手が上がり始めていた。

「おいっ、こりゃあ本当に逃げるしかないぞ」

父は二階から外を見回しながら言った。防空壕への退避ではなく、外へ逃げろという意味は重大だった。今までに一度もなかったことなのだ。私はなんとなく体が少し震えているのを感じた。

いちおう父に言われるままに、リュックサックに学用品などを詰めながら、これから一体

焼夷弾の雨を降らせるB29

どうなるのだろうと思った。それでもまだ本当の恐怖感には遠かった。
外で待っていろと言う父に促されるままに外へ出る。亀戸から西にあたる浅草方面の空がさらに大きく真っ赤に染まっており、荷物を持った罹災者がバラバラだが、さっきより大きな集団となってわが家の前の道路を南の方に走り去る。その頭上を火の粉が強い風にあおられて花火の河のように流れていた。
外に出て父と祖母を待っていた私は、うっかり小さな庭の木戸の外に出過ぎて、人の渦に巻きこまれてしまう。押されるままに半ば走るように歩かされていた。戻ろうとしても大人たちに阻まれて戻ることができない。どこへ逃げればいいのかわからず、ただ人波に押されて南へ南へと向かうしかなかった。しかしこの時でも私は、空襲がおさまれば家に帰れると信じて疑わなかった。その程度の認識しかなかった。

行く先々で火の手が上がり、焼夷弾が行く手を塞ぐように落ちてくる。心の中に恐怖感が少しずつ広がり始めた。ただごとではない。そして見た。目の前で焼夷弾に直撃されて体が吹っ飛び、燃えながら叩きつけられる人。母親の背中におぶさった赤ん坊が燃えている姿も。声をかけてもその母親には通じない。映画の戦争場面そのものだ。その頃から私の体には力が入らず、筋肉が退化したみたいで自由が利かない。

亀戸駅近くの線路の土手が前途を阻んだので、上ろうとして腕をかけたが何度も失敗。ふだんの力が萎《な》え、弱々しい動作しかできなかった。

やっと線路を越えたあと、瞬間風速三〇メートルという激しい風と降りかかってくる火の粉で道を見失った。いつの間にか人の群れから離れて、見知らぬ道をたどたどしく歩いていた。左側はビルで窓から火を発していたし、右側は火に包まれた民家が盛んに崩れ落ちる。今はもう闇夜ではなく、どこもかしこも炎と火の玉で赤一色に染められていた。

むき出しになっている水道から水を出し、防空頭巾を濡らし、また歩く。とつぜん小さい空き地に出た。燃えている建物がない。そこだけポッカリ闇がうずくまっていた。火の粉もパラパラ程度で、私はしめたと思った。その瞬間、片足が泥沼のようなところにずぶずぶと落ちた。便所の跡らしかった。浅かったので助かったが強烈な悪臭が襲う。地面に足をこすりつける。もう臭いどころではない。しかし、空き地の先は運河に遮られて前進を阻まれてしまう。泳いで渡る気持ちは全くない。やむなく運河の土手にうずくまっていた。

しばらくすると、見も知らぬおじさんが大声で叫んでいる。

「おうい、そこでは危ないぞ、こっちに来い。早く早く」

人見知りする私は遠慮がちに答えた。

「はい。でもここでいいのです」

「だめだ、だめだ。そこじゃあ焼け死ぬ」

そのおじさんが駈け足で近づき、強引に私の手を引っ張ると、土手の内側にある船着き場に入れてくれた。三段ほどの階段があり、下は水をかぶっていたが、上にはトタン屋根もあって風は避けられる。中には男が一人と女が二人いて、私に会釈をしたようだった。私も小声で挨拶し腰を下ろした。直撃弾でもない限り、命は助かりそう。会話はなかったが、時々百雷が落ちたような轟音とともにトタン屋根は大きく上下した。そんな時、五人は恐怖で体を震わせながら自然に寄り添った。

二時間以上も爆音と爆発音は続き、そのあとは烈しい風が吹き荒れた。火の粉が川のように長く連なり跳びはねる。私の頭は思考力を停止したように何も考えがまとまらなかった。眠る人はいない。互いに視線を交わすだけだ。運がよかったのか、あとで聞いた高熱地獄も火災地獄も味わわないですんだ。

唯一の気がかりは父と祖母のことだった。何もできない自分がもどかしかった。恐ろしい一夜が明けて、土手を上ってみると一面の焼け野原。省線の高架まで見通せた。

「どこか行くあてがあるのか」

私を引っ張り込んだおじさんが言った。

「はい。あのう、市川の親戚です」

「じゃ、これでお別れだな。元気でね」

その後ろ姿に私は「ありがとう」と大声で叫んだ。人見知りの私にしては珍しい行動だった。おじさんは一度振り返ると、手を挙げてから焼け跡の方に向かっていった。私は立ったまま視線で追った。なんだか悲しかったのを今でも覚えている。

●●●一夜が明けて●●●

父は祖母はと絶えず心配しながら家のある方に向かった。大通りに出ると、一歩踏み出すごとに静かだが恐ろしい光景が続いていた。黒焦げの炭化した死体が目の届く限り続いている。とても人間の姿だとは思えない。亀戸駅まで死体はごろごろと転がっていた。駅の構内には、なぜか山と重なった死体が見られた。きっと私たちと同様、爆発音や激しい炎に襲われ、抱き合っていたのだろうか。

私にも人間は死ぬという認識はあったはずだが、ここに見えるのは炭で作った人体の模型に見えた。悲しいとか恐ろしいとかという感情は枯れてしまったのか、何も感じなかった。現実ではなく、映画か絵画を眺めているような意識しかなかった。しかし私は、心の中で手を合わせている自分が感じられた。

家のあったあたりに辿り着いたが、家は跡形もない。灰だけが残った荒れ地といった風景だった。灰をすくってみたが、意味のない動作。それでも何か残っていないかと灰の中に手を入れたが、金属の破片しか手に触れなかった。

近所を眺め回しても死体らしきものは見えなかったのが少しほっとさせた。悪い夢を見ているようだった。しばらく焼け跡に立っていたが誰も通らない。父も祖母も二人とも消息がわからないままだった。近所の人とも顔を合わせたが、お互いに何の情報も持ち合わせていなかった。

B29が偵察のためか数機飛んできたが恐怖感も何もなく、ただぼんやりと見つめるだけだった。青空だなあと認識しても、感情も思考力も麻痺したような感じだった。

この後、伯母（父の姉）のところへ行くと、火傷だらけで焼け跡に一人腰を下ろしていた。誰も戻らないので、二人して市川の親戚まで歩く。後でわかったのは、伯父は消防団員で消火活動中に死去。長女は無事。二女は行方不明。三女と四女はそれぞれ人に助けられて無事。私の後から逃げた祖母は行方不明、父は無事だった。

その後、父は市川で仕事に就き、私は石巻市へ疎開するも、家庭の事情で中学二年で退学し、逓信講習所を経て郵便局に就職した。その後、夜間高校で学び、大学の通信教育を受け、やがて仙台市内の広告代理店でコピーライターになった。九年後に京都の通販会社で働いた後、五十二歳の時、上京して就職した。

その後、会社倒産などもあり、転職を重ねている。家を買ったのでローンもあり、生涯現役を志して今を生きています。

健康でいられることに感謝して明日を夢見ることもありますが、戦争には反対、平和憲法を愛しております。

孫に語り継ぐ三月十日

寺田《てらだ》　弘《ひろし》
●一九三八年八月、東京都江東区に生まれる。七十六歳。
●現在、茨城県つくば市在住。

●その日のこと●

一九四一（昭和十六）年に太平洋戦争が始まって、最初のうちは日本は破竹の勢いだなんて言っていた。だけどね、じつは早いうちに日本が負けることは見えていたっていうのが正直なところだと思うよ。

事実、戦況が悪化していくにつれ、空襲警報がよく鳴っていた。特に夜中にブーンと爆撃機が飛ぶ音がすると空襲だ。ふつうはその空襲警報が鳴ると家を出て防空壕に入る。ところがある時、私は「防空壕に行くのはいやだ！」と、布団から出て逃げるのを拒《こば》んだ。母親が「それじゃ死んじゃうから行こうよ」と言ったけど、まだ子どもだから夜中は眠いこともあり、空襲が度重なるにつれ防空壕行きが多くなって眠るに眠られずで、「それなら死んでもいい」と思って言ったのだった。

そういうなかで一九四五（昭和二十）年三月十日を迎えた。前日から北風がビュービュー吹く寒い夜だった。

空襲が始まった時、国民学校入学直前の六歳だった私はどうしていたかというと、深川区（現江東区）深川清澄の母親の叔母の家に母親と私と弟の三人で泊まっていた。そこは中村女学校の隣接地で、家では女学生相手に夏はアイスキャンデーやかき氷、冬はぜんざいなどをほそぞそと商っていて、私のお気に入りの家だった。

真夜中の零時過ぎ、「起きなさい」という大きな声がした。例によってぐずぐず言っていたけれど、周りが真っ赤になっているのが目に入った。焼夷弾が落ちて、外は夜だというのに昼のように明るいんだ。バーンという破裂音がするわけ。家がドーンと浮き上がる。焼夷弾というのは、後で聞いた話では通称「モロトフのパン籠」といって中に小爆弾が三十六発くらい入っていて、地上や建物に触れると瞬間的に飛び散って燃え上がる。防空訓練映画では、水をかければ消えると言っていたけど、消えるどころじゃない。焼夷弾の中にはよく燃える油が入っているから水をかければワーッとよけい燃え広がる。火の勢いは常識では考えられないほどだ。

体に当たったら死は避けられない。当時は防空頭巾をかぶっていたから、油脂の飛沫が頭巾の布に移って瞬間的にぼうっと燃えていた。直撃を受けた人は歩きながら燃え上がってもだえながら死んでいった。目の前で人間が燃え上がるのをたくさん見た。まさに地獄図絵だった。

なんとか逃げなきゃいけないと表に出た時には周りは紅蓮《ぐれん》の炎で、火柱が夜空に向かってあちこちで渦巻いていた。中村女学校に行ったけどそこは満員で、校門なんてもう入れなかった。近くに焼夷弾がばんばん落ちてきて、一帯は火の海だった。右往左往している人々が断末魔の声を上げてばったばったと倒れていった。家という家が燃えているから真昼のように明るかった。

数百メートル先に隅田川があった。清洲橋の橋の上は両岸から逃げてくる人々で押し合いへし合いの状態になっていて、とても渡るどころの話じゃなかった。そうしているところにゴオーッと川を渡ってきた炎が襲いかかる。橋から飛び降りたら飛び降りたで溺死。後で読んだ本によると、川に飛び込んだ人の多くは心臓麻痺、橋の上では酸欠による窒息死が多かったという。

結局私たちは近くの清澄庭園に逃げ込んだ。ここは普段は閉鎖されているが、避難民がぶち破って避難所代わりにしていた。私たちもそこに逃げ込んで助かったというわけだ。ここに辿り着けなかった人々は隅田川や小名木川や貯木場や道々で焼け死んでいった。

米軍機はただ漫然と焼夷弾を落としていったのではなかった。米軍機はまず城東区に焼夷弾の雨を降らすと、墨田、台東、中央区と、リング状に焼夷弾を降らせて逃げ場を遮断した。要するにみな殺しをやったんだ。

私たちが生き残ったのは偶然でしかない。これは東日本大震災による被災者と一緒なんだ。たまたま運の良い人が生き、運の悪い人が死んだというふうにね。戦争というのは、本来は軍隊同士で戦うものだ。一般市民を殺すというのは本来のルールじゃないんだ。私たち下町の人間はまさにルール違反によって殺され傷ついたのだ。

みな殺しを目的とした東京大空襲

深夜の三時頃に空襲が終わっても街はしばらくは燃えていた。消防車も燃えてしまっているから自然鎮火を待つしかなかった。ほんとに消えたのは明け方だった。

清澄庭園で怖さと寒さでぶるぶる震えていると、父が偶然に探し当ててくれた。近くの実家に戻ったけれど燃えて跡形もなかった。しばらく父の会社に寝泊まりしていたが、母親の里の茨城県に弟と疎開することになった。

米軍の指揮をとったのはルメイ将軍だ。彼はドイツのハンブルクでも爆撃の指揮をとった人物だ。軍事施設ではない、一般市民が住む地域に夜間、しかも低空で目視爆撃するという恐ろしい爆撃方法を採用した。

日本での場合は、軍需品生産の多くが下町の家内工業でおこなわれているというのが爆撃の最大の理由であったらしい。

ルメイ将軍がのちに「無差別絨毯爆撃の意図は、ここまできてまったく完璧なものになる。あきらかに〝地域群〟の一般市民に対しての残虐な〝みな殺し爆撃〟が、この夜の米空軍の主目的であったことが理解できよう」と書いているように、はじめからみな殺しが目的の爆撃であったのだ。こうしてアメリカは完膚なきまでに東京の街を焼き、市民を殺した。

チビながらも私が憤慨していたことがいくつかある。当然のことながらこの非道なみな殺し爆撃だ。その次は日本に対する怒りだ。朝のラジオ放送で「下町がやられたが被害はわずかであった」と発表した。被害はわずかとは、皇居のことを言っていたのだ。米軍は皇居には爆弾は落とさなかったからね。ふざけんなって怒ったことを今でも覚えている。

当時私らチビは少国民と呼ばれていた。戦争するのが大国民である大人で、少国民は兵隊になることが決められていた。チビなんて戦争予備軍のために生きているようなものだった。こんな少国民の歌がある。本当に悲しい歌だ。

勝ち抜く僕等少国民　天皇陛下の御為《おんため》に
死ねと教へた父母の　赤い血潮を受けついで
心に決死の白襷《しろだすき》　かけて勇んで突撃だ

私らは天皇陛下のために死ねと言われていたんだ。なんで天皇陛下が私らに死ねと言えるのかというのが怒りの三つ目。

四つ目は成人してからのことなんだが、東京大空襲と広島への原爆投下という非道なみな殺し作戦の指揮をとったルメイ将軍に日本は勲章を贈っている。一九六四（昭和三十九）年末、埼玉県の航空自衛隊入間基地で時の総理大臣佐藤栄作が、「戦後、日本の航空自衛隊の育成に協力した」という名目で勲一等旭日大綬章を贈っている。冗談ではない！

私は三月十日のアメリカによるみな殺しの爆撃時、つまりチビの時に味わったあの怒りが今また形を変えてむくむくと甦ってくるのを抑え切れないんだ。当然のことながら、私のような空襲体験をきみたちはじめ全国民が二度としてはならないと思っている。戦後七十年、

ルメイ大将に勲一等

政府は四日午前の閣議で、米空軍参謀総長カーチス・ルメイ大将に対して勲一等旭日大綬章を贈ることを決めた。同大将は六日、横田基地の軍用機で来日、七日には防衛庁に小泉防衛庁長官を訪問する予定。

ルメイ将軍への勲章授与を伝える新聞記事
（1964年12月7日授与された）

戦争阻止の大役を果たしてきた平和憲法をなし崩し的に戦争遂行憲法に変えようとしている動きには憤りを禁じ得ない。

　その意味で三月十日は私にとって終生の、いや墓に入っても忘れてはいけない日なのだ。日本の国にとっても未来永劫《えいごう》学びの始まりの日なのだ。近頃、しきりにそう思っている。

千人針の思い出

齋藤《さいとう》　郁恵《いくえ》
●一九二七年三月、東京都北区に生まれる。八十八歳。
●現在、千葉県八街市在住。

●●●空襲で焼け出される●●●

私は東京都滝野川区（現北区）西ヶ原町で生まれました。

一九四五（昭和二十年）四月十三日の大空襲で焼け出されました。

この日まで毎日毎日間断なく空襲があり、昼も夜もおちおち眠ることもなりませんでした。

みんなはこれは神経戦だと申しておりましたが、波状攻撃で神経がおかしくなりそうでした。

でも、負けてはいけないと頑張りました。

その頃の服装は、男の人はカーキ色の国民服に戦闘帽、脚にはゲートルを巻き、防空頭巾と布で作ったカバン（救急用品や大切な物を入れた）を肩にかけていました。女の人はモンペにズボン（裾にゴムを入れ、足首にぴったりつけたもの）と、男性同様布で作ったカバンを肩にかけていました。その姿でいつ家が焼けるかわからないなか、毎日会社へ出勤しておりました。

四月十三日の夜のことでした。いつもと違う爆撃音に急いで防空壕に入りました。音はだんだん大きくなってきました。近くに落ちた爆弾で家が大きく揺れました。もう駄目かと思った時、「落ちたっ」という大きな声に防空壕から顔をのぞかせると、庭に二発、軒下に一発の焼夷弾が落ちて火を噴いていました。

家族みんなで防火用水の水をバケツでどんどんかけましたが、なかなか消えるものではありません。防火用水の水を全部使い切った時、やっと一本が消えました。

あたり一面は煙と火に囲まれてどうすることもできません。近所の人と一緒になって近くの広い場所にめぐらされたコンクリートの高い塀の陰に逃げ込みました。そして、家を出る時に持って出た薄い布団を頭からすっぽりとかぶり、小さくなって熱さと煙を避けておりました。

何時間か経ち、火の勢いがゆるんできて、やがて夜が明けてきました。

見渡すと、見慣れた街並は消え失せ、見渡す限りの焼け野原となっておりました。みなただただ茫然としてそのありさまを眺めておりました。

煙で目を真っ赤にしている人、手が真っ赤に腫れて痛がっている人、爆弾で足を吹き飛ばされた男の子もいました。叔父は焼夷弾の殻（鉄の六角形の長い筒）が当たり左手を失いました。

まだ煙の昇っている焼け跡には、黒焦げになった死体がたくさん横たわっていました。大塚駅の駅前の歩道には煙に巻かれて亡くなった男の人、女の人、子どもを抱いたお母さんら、大勢の人が寝かされていました。ホームはまだ盛んに燃えていました。

あたり一面、何もかも焼けた跡の何とも譬《たと》えようのないいやな臭いが漂っていました。一か月くらい鼻について消えませんでした。

父や母が亡くなったために戦災孤児が大勢生まれました。独りになった小さい子はどうやって生きてゆくのか、思うだけでつらいものがありました。私たちも着の身着のままで食べる物も持ち合わせておりませんので、その子どもたちに何もしてあげられません。それはとても悲しいことでした。

戦争が起きれば必ず戦災孤児が生まれます。あのような悲しくつらいことは二度とあってはなりません。

疎開先で

焼け出された私たちは、千葉県千倉町（現南房総市）の親戚を頼って行きました。

ある夜、ドカーンという大きな音に驚いて外へ飛び出しました。南の空が赤くなっていました。敵軍艦からの艦砲射撃でした。この射撃で農家の納屋が焼けましたが人の被害はありませんでした。

時々艦載機がやってきて、人影を見れば無差別に機銃掃射をしてきました。ある時など、機影が見えたと思ったらあっという間に搭乗兵の顔が見えるくらい低空で飛んできて、わたしを狙ってバリバリと掃射してきました。逃げる間もありません。ただただ身をすくめておりました。彼らは人の影を見つけると、誰であろうと機銃掃射をしてくるので、遠くに爆音が聞こえたら何よりもまず身を隠すことが肝要でした。

終戦時、農家や各家々に兵隊さんが分散して泊まっていました。本土上陸に備えるというのが理由でした。私たちの住んでいる親戚の家にも五人ほどの兵隊さんが泊まっておりました。

ある日の夜のこと、兵隊さんが叫びました。

「敵が来た。大切な物だけ持って早く逃げなさい」

私たちはびっくりして、身の回りの物を持つと暗い田圃の道を山の方へ山の方へと逃げました。どんどん歩いてしばらく行くと、兵隊さんたちが現れて、「今のは演習でした」と言われた時には、疲れがどっと出てしばらくは口がきけませんでした。でも本心は本当でなくてよかったと胸をなでおろしたものでした。

軍の幹部の人たちからは常日頃、「降伏はしない。敵が本土に上陸してきた時には、女といえども迎え撃て」と言われていたものです。ですから、私たちが本当に敵が上陸してきたと信じたのもやむをえないことでした。

戦後十数年経ってからわかったことなのですが、もし敵が上陸してきた時には住民は足手まといになるので殺すことになっていたとのこと。女子どもはひとりでは死ねないだろうから手助けするようにと、殺し方まで練習していたというのです。終戦になって人を殺さずに済んで本当によかったと、その兵隊さんは言っておりましたが、それを聞いた私はぞっとして総毛立つ思いがしたものでした。

●●●千人針の思い出●●●

私が小学生の頃のことです。叔父が出征することになりました。母が千人針を作りました。

晒の布を二つ折りにし、朱肉をつけたもので縦に十個印をつけます。さらにそれに沿って千の印をつけます。そして赤い木綿糸を針に通し、みなさんに一針ずつ縫っていただきました。その頃千人針を作っている人が大勢いましたので、それを持って道を歩いていると知らない人でも近寄ってきて縫ってくれました。親戚や知人などは十銭や五銭の銅貨を縫いつけてくれる人もいました。九銭（苦戦）を越えて十銭、四銭（死線）を越えて五銭です。

縁日や人の多く集まる所へも行きました。いよいよ出征の期日が迫ってくると、学校にも持っていきました。同級生には大正十五年生まれの寅年の人が大勢います。昔から「虎は千里を行って千里を帰る」と言われておりますので、寅年の人にはたくさん縫ってもらうとよいとされていました。

叔父はそれを持って中国に出征していきました。幸い戦後になって無事に帰ってきました。千人針に縫いつけた五銭や十銭銅貨のおかげで、弾が避けくれて命が助かったという話も聞きました。その叔父も今は亡く、遠い昔の話になってしまいました。

空襲など戦災で負傷した人は戦後何の援助もなく、厳しい時代を一生懸命働いて亡くなっていきました。学生も挺身隊として軍需工場に狩り出され、毎日生産に励みました。一般の人々も同じでした。

靖国神社に英霊として祀《まつ》られている霊に対しては感謝申しあげております。しかし、昭和天皇が靖国神社には行かないと言われたお気持ちはよくわかります。政治をおこなう方々が二度とこのような戦争を起こさないことをわたしは願っております。

広島で被爆したわたしの家族

榎本《えのもと》　和子《かずこ》
●一九二九年十二月、広島県広島市に生まれる。八十五歳。
●現在、神奈川県横浜市在住。

（一九四五年春撮影）

●一九四五年八月六日●

その当時わたしたち家族は、広島市中広町に住んでいました。横川駅のそばで、爆心地から一・五キロほどのところでした。

生家は、軍の被服廠に勤めていた父が四年前に亡くなっていたので、母のとし子（当時三十四歳）を中心に祖母（八十歳）、兄の博（十七歳）、わたし（十五歳）、妹の澄子（十三歳）、栄子（十一歳）、みわ（六歳）の七人家族でした。

兄は学徒動員で沖縄に行っていたのですが、この春、広島に戻っていました。後になって彼は、「どちらにいても助からなかった」と家族に話したことがあります。

八月六日の朝、原爆投下の時わたしは、学徒動員で通っていた仕事場へ出かけようとしていました。建物疎開の片づけやミシンかけなどいろいろやっていました。いつになく遅刻しそうなので、気をせかしながら庭先で洗濯物を干している母と言葉を交わしていた時、突然ものすごい衝撃があり、縁側から家の中に突き飛ばされて気を失いました。

どのくらい時間が経ったのかわかりませんが、気がついたら家の下敷きになっていました。やがて頭の上を歩いている人の声が聞こえてきたので、声を上げて助けを求めました。声を聞きつけた男の人二人が、ひしゃげた屋根やら家具などをどかしてわたしを助けてくれました。二人は親子で、自分たちの家族の行方を探していたところだったのです。

わたしは体中に傷を負い、白い開襟シャツは血で真っ赤に染まっていました。とりわけ頭の傷跡はいまも消えずにたくさん残っています。

庭にいた母は背中に閃光を受け、大火傷を負いました。祖母は門と玄関の間で、倒れて来た塀などが覆いかぶさりましたが、奇跡的に助かりました。

すぐ下の妹の澄子は、空襲警報解除の合図で防空壕から出てきたところで被爆し、たいへ

爆心地から3.2㎞ほどの新庄橋を渡って脱出する人々。（小林正男 当時46歳）

んな火傷を負いました。背中の皮膚がべろりと剥けてしまい、その皮が垂れ下がっていました。

破壊された街に火の手が上がり、逃げなければなりません。澄子が垂れ下がった背中の皮膚が重いと言うので、わたしはそれを手でむしり取りました。悲鳴を上げましたが仕方ありません。母と二人で澄子を両脇から抱え、祖母と四人、火の粉を防ぐための布団を被り、柳行李を一つ持って、安全と思われる川向こうの山手に向かいました。

途中、道端で助けを求める年寄りの男性、顔見知りの近所の奥さんが赤ちゃんをおぶったまままうずくまり、見れば腸《はらわた》が前に出てしまっている人にも出会いました。立ち止まったもののどうすることもできず、立ち去ったことが今でも忘れられません。

橋は死体が重なって渡れません。川も死体でいっぱいでしたが、そこを歩いて渡るしかないのです。わたしは母たちを励まして先頭に立ち、死体を押しのけたり、踏みつけたりしながら夢中で渡りました。私たちを見ていた人たちが大勢ついて渡ってきました。「あんた、勇気があるねえ」と感心されましたが、夢中だったのです。

山裾にたどり着くとそこには製材所があり、誰もいなかったのでとりあえずそこに落ち着きました。雨風を避けられるよう覆いをして澄子を寝かせ、やっと腰を下ろすことができました。しかしすぐにわたしは、その前に立ちました。雨が降ってきて、血にぬれたブラウスは洗い流されました。

なぜそこに立っていたのか自分でも意識していたわけではないのですが、そのおかげで兄や妹たちが集まってきたのです。朝から潮干狩りに行っていた妹の栄子は火の海となった街の自宅へは帰れず、安全そうな山へ向かい、わたしの姿を見つけたのでした。

兄もここへやってきて会うことができたのですが、兄はその前に末の妹のみわを見つけていました。自分も体の三分の二に火傷を負いながら、炎に包まれてぐるぐると回って悲鳴を上げている小さい子を見て、火を消し止めて助けました。しかし黒焦げのその子が誰なのか初めはわからなかったのですが、声で妹だと気づきました。

やっと安全なところに落ち着いて気がつくと、わたしの足首に五寸釘が突き通っていました。痛いとも思わずにいたのですが、集まってきていた人たちに体を押さえられて引き抜いてもらいました。

二人の妹の死

こうして家族が七人みなそろったことは、ほかの家族から見れば不思議なくらい幸運なことでした。けれども、みわはその日の夕方、「うちは死にとうないよ」と三回言って息絶えました。

原爆で亡くなった人はたいへんな数でしたから、兵隊が鳶口で遺体を引っかけては山積みにし、ホースで油をかけて焼いていました。母はそれを見て耐えられなかったのでしょう。翌日、わたしと栄子にみわを焼くようにと言いつけました。

持っていた母の着物でみわをくるみ、製材所の木切れなどを集めましたが、十五歳と十一歳の女の子の手ではおぼつかないでいたところ、近くにいた見知らぬ男の人が助けてくれました。材木を井桁に組み、その上にみわをうつ伏せに寝かせ、ポケットから大きいマッチを出してわたしに火をつけさせてくれたのでした。

三人で見守りました。足の指や骨が燃え残りましたが、川へ流しました。

八月十五日を過ぎると兵隊の姿は見えなくなり、死体の処理は民間の手で進められました。焼け跡の広島では、雨が降ると燐が燃え、青い火が絶えませんでした。

いつまでも製材所にいるわけにもいかず、一家は廿日市のおじさんの家をたより、身を寄せました。そこで妹の澄子がなくなりました。背中の火傷の傷に蛆《うじ》がわき、わたしはそれを割り箸で取ってあげていたのですが、あまりのひどさに思わず「こんなにつらいなら、死んだほうがいいね」と言ってしまったのです。

澄子は何も言いませんでしたが、そのことが今でも悔やまれます。八月二十四日、「きれいな花の馬車が迎えに来たから行く」と言って、澄子は息を引き取りました。

その後の家族のこと

その後、一時、知人の家のお世話になりましたが、この年のうちにわが家の持ち家に落ち着くことができました。

母は原爆症となり、胃がんそして食道がんを患い、一九六〇年に四十九歳で亡くなりました。

妹の栄子は肝臓がんで入退院をくり返し闘病しましたが、健康を回復することができず、一九六八年、三十五歳で亡くなりました。

兄の博は、ひどい火傷と肺がんでやはり入退院をくり返し闘病しましたが健康を回復することができず、一九八七年、五十九歳で亡くなりました。左手の指はくっついたままでした。骨が見えるほどだった手には薄い皮膚がつき、その手をずっと白いハンカチで包んでいたこと、足も不自由で松葉杖が離せなかったことが思い出されます。

ずっと療養生活だった兄に仕送りを続け励ましていましたが、近くに住む方たちが不自由な兄を何かと助けてくださったことを今もありがたく思っております。

被爆した家族はみな、高熱による火傷と放射線によるがんで亡くなっているのです。祖母だけは被爆による障碍《しょうがい》はなかったようですが、一九四九年、八十四歳で亡くなりました。

戦後の暮らし

わたしは子どもの時は丈夫ではありませんでしたが、戦後は病気の家族を支えて働きました。広島の海で養殖されている牡蠣《かき》の殻を割って身を取り出す牡蠣打ちの仕事に雇われて、養殖いかだの上を跳び回って働きました。元気な時は妹も一緒でした。

被爆の影響は一、二年後に現れ、吐き気とめまいにたびたび襲われましたが頑張りました。

一九六一年に婚約が決まり、自衛官の彼の勤務の都合で横浜に来て、翌年結婚式を挙げました。母はすでに亡くなり、兄も妹も病気で来ることができないので、わたしのほうは身内が一人もいない結婚式でした。

結婚してしばらくは横須賀に住みました。まもなく妊娠。医者はわたしの体調から見て産んではいけないと言ったのですが、どうしても欲しくて産みました。病弱なわたしを気遣ってくれる優しい息子で、すでに夫をなくし今は独り暮らしのわたしの支えです。

産後の肥立ちが悪く、お宮参りも夫と姑にまかせなければなりませんでした。横須賀のアパートでは、大家さんはじめ同じアパートの人たちが、おしめの準備からいろいろと親身な世話をしてくれたことに今も感謝しております。

その頃診てもらったお医者さんが、わたしの喉元に腫れがあることに気づき、原宿の専門病院を紹介してくれました。甲状腺がんであることがわかり、おぶっていた子どもごと入院し、すぐに手術を受けました。

がんのほか、被爆が原因と思われる骨粗鬆症《こつそしょうしょう》があります。脊椎の圧迫骨折を三回、身長が一五五センチから一四七センチと八センチも縮みました。若いときからのめまいはその後も年に数回起こり、救急車のお世話になることもあります。

五年ほど前に。ちょうど巨峰という葡萄《ぶどう》の粒のような大きい五つのこぶのようなものが大動脈にできていることがわかりました。ところが、そのこぶのようなものは手術の前日になって空気が抜けるようにしぼんで、手術を免れました。なぜそうなったか今もわかりません。現在、いちおう普通に暮らしていますが疲れやすく、いつどうなるかと不安を抱えています。

●●●家族のお墓●●●

被爆以来、いつも頭を離れなかったのは、家族の遺骨がばらばらなことでした。何とか一つのところにまとめて葬りたいと願い、そのために横浜に来てからも懸命に働きました。念願叶って広島に生家の墓をつくることができたのは一九八七年。遺骨を預かってもらっていたあちこちのお寺から戻して家族を一つのお墓に埋葬し、やっと気持ちが落ち着きました。

存命だった兄は、「わしがせんならんものを和さんがやってくれた。悪いのう。わしもここに入れるんのう」と言いましたが、その兄はその年の十一月に亡くなりました。

家族全部を原爆で失ったわたしは、ひとりひとりの命日に好物を供えて故人を偲んでいます。

●●●体験を語ることについて●●●

忘れることなど絶対にできない被爆の体験ですが、横浜でも横須賀でもずっと話すことはありませんでした。話してもわかってもらえないという気持ちと、もうひとつ、差別的に扱われることへの恐れがあったからです。具合が悪く医者にかかった時も手術の時も被爆の証明書を使わなかったのはそのせいです。

数年前、気心の知れた友人たちに広島出身であることをふと漏らし、被爆の事実も話しました。友人たちは「なぜ言ってくれなかったの」と言いながら、わたしの気持ちを察してみな泣いてわかってくれました。

けれど、国はこんなつらい体験や思いを抱えている者たちの被爆による障碍をなかなか認めません。納得できない思いです。

なお、広島で学徒動員された女学校の同級生で生存が確認できたのは三人だけです。

わたしの願いは、こんな戦争のない国であってほしい、安心して暮らせる国であってほしいということです。

（聞き書き／文責・古屋珠子　横浜市在住）

III 御国のために ――【学童疎開・学徒動員体験】

疎開先での食事風景　天皇にお礼を言ったあと食事に

集団疎開の日々

矢島《やじま》　綾子《あやこ》
●一九三四年五月、東京都墨田区に生まれる。八十一歳。
●現在、東京都福生市在住。

●●●一九四四年夏●●●

集団疎開先の申込書を提出した私に担任の先生は優しく眉をひそめ、「無理じゃないの」とおっしゃった。甘えん坊の私が親から離れての集団疎開など考えられないと家族からも言われていた。

一九四四（昭和十九）年夏のことである。

これから国を背負う子どもたちを空襲で死なせてはならない。そんなお達しの末、三年生以上の小学生は縁故疎開、伝手《つて》のない家庭の子は学校が引率して疎開しなければならないということになったようである。

学校では、集団疎開組がうきうきとお泊まりの遠足にでも行く気分ではしゃいでいた。誰もその時は親から離れる寂しさなど思ってもいなかったのではないだろうか。

家中の反対を押し切り駄々をこねた末の参加。両国駅からの出発は賑やかだった。誰ひとり泣く子もなく、大はしゃぎで私たちは汽車の窓から手を振った。

宿泊先は千葉県大網町の大網旅館。三年生と四年生の女子がこの旅館に落ち着いた。世話をしてくれるのは男の先生二人。一人は奥様と一緒だった。ほかに寮母さん二人と地元の人が食事の世話などに来ていたかもしれない。

都会育ちの私たちがまずびっくりしたのは、窓の外側に雨戸もガラス戸もなく、部屋と廊下の仕切りは障子のみ。ごく近くに墓地があり、怖い怖いと大騒ぎになった。

一日目のその夜

一泊目、部屋の仕切りがすべて取り払われ、ずらりと布団が敷き並べられた。

昼の疲れから睡魔が襲い、眠りに入りかけた時だった。いつものはしっかり者で通ってい

父母の見送りを受けて集団疎開に出発する子どもたち

た子が月を見ながら泣き出した。それがひとりひとりに伝わっていって泣き声の大合唱になった。この収束がどうなったか、残念ながら七十年の歳月にまぎれてしまっている。

翌朝、はじめての朝食。ご飯がぼそぼそとまずく、ほとんどの子が箸をつけたものの残してしまった。麦がたくさん入っていたのだった。戦争になったとはいえ、これほどの麦入りご飯ははじめてだった。ところが、二日目、三日目となると、みんな空腹に耐えられず、残す子はいなくなった。

疎開とはいえ、先生に引率されて行くのだから当然勉強時間はあるものと思っていた。ところが朝晩「青少年学徒に賜りたる勅語」を斉唱し、ひとりでも間違えるといつまでも終わらなかった。足はしびれ、喉はからから。夜は眠くなり、今までの父母のもとでの生活とは天と地の差。たまに地元の小学校の朝礼に参加することがあった。学校まで隊列を組んで行進していると、地元の人たちが「こんな小さな子をかわいそうに」とか、「偉いねえ」などとささやくのが聞こえた。急に大人になったような気がして、胸を張って行進した。

育ち盛りの私たちは毎日空腹に悩まされた。面会に来る母親たちは、私たちが買い物などできる環境にないのにたくさんのお小遣いを渡して帰っていった（もちろん先生には内緒だった）。

勉強をしないので時間はたくさんあった。空腹に耐えかねた友だちが薬局で「エビオス」を買った。その子が甘くておいしいと言うので、お小遣いをたくさん持っている私たちは誘い合ってエビオスを買いに行った。そして、甘いね、甘いねと言いながらポリポリと食べていたものだが、何とそれは整腸剤の類とかで、さらなる空腹感をもたらした。

そのうち、あまりの売れ行きを不審に思った薬局から先生に連絡が入った。それ以降、エビオスを買うことは禁じられた。先生にどんなに叱られるかと思ったが、何もなかった。

大人への不信

ある日の夕方、私たちは先生に引率されて畠の中の道を歩いていった。目的地で小人数に分けられ、それぞれ地元の農家で夕飯をご馳走になった。とても幸せな気分だった。供された食べ物もだが、その家の人たちに口々に「偉いね、大変だね」と褒められたことが心に残った。

その後この行事は「およばれ」と称され、私たちの最大の楽しみになる。帰りにはお土産として持たされたお芋やおかきは宿に帰るとすべて先生が集めた。お芋は翌日のご飯にまじっていた。おかきはどうしたのと思っていると、夜になって先生方の部屋から香ばしいおかきの焼ける匂いがしてきた。大人の不条理に気づいたはじめだった。

ある日、何と叔母が大きな荷物を背負って不意に訪ねてきた。その日のおやつは真っ白な食パンだった。叔母が背負ってきたものだった。面会日でなくても、全員に行き渡るおみやげがあればいつでも来てよいのだとはじめて知った。

それからは折り紙が各自三枚ずつとか、塗り絵が一枚とかのお土産つきの親が何回かやってきた。経済的にそのようなことができない人はどうするのだろうと、子ども心に思って心が疼《うず》いた。

私たちは寂しいので、よく何人かで大網駅に出かけた。この線路の先の先の方にお母さんがいるのだと思うと、自然と涙が出た。友だちに気づかれると恥ずかしいのに、また何日かすると行ってしまった。

ある日、駅員がにやにやしながら、「線路の上を歩いたら家に帰れるんだよ」と言った。そんなできないことを言う大人のいることにショックを受け、私たちは駅に行くのをやめた。

後日、隣の土気《とけ》に疎開していた同級生の男子がふたり、家に帰りたい一心で線路を歩いているところを保護され、大騒ぎになって親が呼びつけられたと聞いた。

「あの時殴られた痛さは何十年経っても忘れられないし、忘れたくない」

何十年か経ってからのクラス会での本人の言である。

おぞましい思い出

仲良しのMちゃんがある日、「お粗相《そそう》もしないのにパンツが汚れるし変な臭いがするの」と小さい声で言った。「えっ、私も」

寮母さんに洗濯物を出すのが恥ずかしいふたりは、誰もいないお風呂場の隅で水で洗っていた。そこに先生の奥様が入ってきて、自分でするなんて偉いわねと言い、自分の洗濯桶にあふれている泡をくださった。いつもおっとりしていて優しい人だったが、私は涙が滲《にじ》んできた。その時奥様が使っていた石鹸は、私たちのものだった。集団疎開の出発の折、ほとんどの親たちが工面して子どもに持たせた品物で、宿に着いた時、先生の言いつけで全部先生に差し出していた。お母さんの石鹸なのにと、胸がキューンと痛かった。

幾日かしたある夜、女子全員が整列して出発した。「およばれ」にしては時間的に遅すぎるなと考えていると、「静かに」と先生の厳しい声。着いたのは小さな医院だった。外で待っていると、一人ずつ順番に呼ばれ、パンツを脱がされ、はじめて見る高い診察台の上に上がった。

「これって何?」と思ううちに診察は終わり、私たちは誰ひとり何も言わず宿に帰ってきた。先生からは決して親に話してはいけないし、友だち同士でもこのことは話さぬようにと厳しく言われた。

この日から夜になると、女子全体の半分くらいの子が医院に連れていかれた。
三、四日した夜、不意に叔父(出征中の父の代わり)とMちゃんのお父さんと同じ町の三年生のSさんのお母さんが怖い顔をしてやってきた。夜遅くまで先生の部屋から話し声が聞こえた。激しく言い争っている様子で、私たち三人はみんなから変な目で見られ、どきどきしていた。
いつものように枕を並べ、寝たふりをしていると、寮母さんが部屋に入ってきて小さな声で「起きて服を着て」と言った。私たち三人は無言のまま防空頭巾と救急袋を身に着け、ほかには何も持たずに叔父さんたちとひっそりと宿を出た。友だちに「さよなら」も言えずにだった。

家に戻って幾日もしないうちに、お茶の水の順天堂病院で受診するようにとの連絡があり、また同じような検査を受けた。大綱から友だちが何人も来て入院していると聞き、病室に行くと大きなベッドの上にちょこんと座っていた。不安そうななかにも少しうれしそうだったのは東京に帰ってきたからだと私は思った。

「汽車の中でおにぎりを食べたよ。でも両国は通り越してこんなところに来たの」とその友だちは言った。

学校の方針に逆らって帰宅した私たちは登校することも許されず、家で退屈な日を過ごしていた。順天堂病院には二回通って、もう通わなくても大丈夫と言われた。

そんななかで空襲は激しくなり、服を着たまま眠るようになった。寝たと思うと空襲のサイレンに起こされ、解除になるまで小さな防空壕で緊張して過ごした。

あまりの空襲の激しさに東京に子どもは置いておけないと、出征中の父の家業は叔父に託し、母と五人の子どもで母の実家の千葉県津田沼に縁故疎開した。

振り返ってみれば、短い期間だったのに何とたくさんのことを経験させられたことだろう。集団疎開での出来事は何だったのか。大人は何も言わず、心の奥にしこりとなって残った。

後年になってわかったのは、疎開した子の中のひとりが母体からの感染症だったこと。お風呂も洗濯も一緒だった私たちはあっという間にその感染症が広がった。花柳界の経験があった寮母さんのひとりが子どもたちの下着の洗濯の折に気がつき、夜の医院通いになったとのこと。

子どもたちに箝口令《かんこうれい》をしいたにもかかわらず、面会に来た母親のひとりが知るところとなり、それが父母会に伝わり、私たち三人の親がすぐに引き取りに来たのだった。

私たちが家に戻ったことによって問題が公となり、順天堂病院に入院させたとのことだった。その後のことはすぐに津田沼に疎開してしまったのでわからないと母は言っていた。

大人になり、結婚して子どもを身籠った時、母も私も過去がよみがえってきて恐ろしかった。母子手帳に異常なしと書かれてあるのを見て、ようやくあの戦時中の集団疎開の悪夢から解き放たれた。

四十代になって同窓会が復活し、むかし話で大いにもりあがったが、あのことに関しては誰も口にしない。私も口を閉ざしている。

怖く、あわただしかった戦争の日々。疎開によってばらばらになり、そのまま疎遠となった友人も多い。折々に思い出しては、あんな経験は私たち限りにしたいと一途《いちず》に思っている八十路の日々である。

母恋いに胸えぐられし日の浮かぶ疎開体験書きゆく中に
大綱の華やかな巻寿司喰《は》みおれば疎開の日々の顕《た》ちきて熱し
数多《あまた》の命奪われし日々生きのびてひかりあふるる庭の草愛《め》ず

父の長髪

白《しら》木《き》　惠《え》委《い》子《こ》
●一九三四年五月、東京都文京区に生まれる。八十一歳。
●現在、千葉県流山市在住。

●●●開戦●●●

母からお小遣いをもらって、わくわくしながら駄菓子屋さんに行った。「きょうは何買おうかな」。ところが、お店のガラスケースにはお菓子はなかった。お煎餅が入っていた丸いガラスの入れ物も空っぽ。ガラス瓶だけが光っていた。

「お菓子ちょうだい」

三銭を握りしめていた私の手のひらを見たおばさんが言った。

「そのお金ではお菓子は買えないんだよ。五銭と十銭の袋入りになったんだよ」

奥の棚の上に新聞紙で作った袋に五銭、十銭と書かれたお菓子袋が置いてあった。

「これしかないんだよ」

ぼうっと立っている私におばさんが言った。戦争が始まる最初の記憶である。

国民学校一年生になった一九四二（昭和十六）年十二月八日、ラジオで米英との開戦を知った。

戦争が始まった翌年くらいから隣組中心の防火訓練が始まった。母親たちはバケツリレーや、竹箒のような火たたきを持って参加した。男性は小さな子どもたちを含めて、頭髪は坊主刈りになっていった。

ある晩、仕事から戻った父が言った。

「今日、満員電車の中で、『この非常時に長髪とは非国民！』と大声でののしられたよ」

父は長髪であった。しかし、ののしられても父は長髪にカーキ色の国民帽をかぶって出勤していた。

昭和一九四四（昭和十九）年夏、東京・本郷駒込に住んでいた私たち家族は、本郷三丁目の写真館へ電車に乗って家族写真を撮りに行った。来年一月に出産予定の母、長髪の父、歯をかみしめているような口元の私。妹は首を少し傾《かし》げてにっこり笑っている。五歳の弟は不安そうな面持ちだった。こうして初めての家族写真はできあがった。

十一月、母と妹が宇都宮の母の実家に疎開することになった。大きなリュックを背負った母は、両手に風呂敷包みを持っている。妹は小さなリュックに水筒と防空頭巾を肩から交叉させてかけている。二人の後ろ姿は電車通りへと歩いていった。

明日からは小さな弟の世話をしながら暮らさなければならない。私は大きな不安と寂しさを抱えて二人を見送った。

この頃になると、学校に行く途中や在校時にしばしば空襲警報が鳴りひびいた。学校に行き着かないで戻ってくることもたびたびで、勉強らしい勉強をしていなかった。そんなこともあって、弟は飛鳥山の伯母の家に世話になることになった。

一九四五（昭和二十）年三月九日、北風が強かった。父は、誕生したばかりの妹とすぐ下の妹を連れて山形県に移った母を心配して、山形に行っていた。私は隣の家のおばさんに面倒を見てもらっていた。

その夜、私はぐっすり寝入っていたが、警戒警報で目を覚ました。午後十時半頃だった思う。警報はすぐ解除され、また眠りに入った。十二時を回って少し経った頃、おばさんに揺り起こされた。はぐれるといけないからと、隣の八歳の男の子と太い紐でつながって逃げた。

しかし、この日の空襲は下町が中心で本郷地区には焼夷弾は落とされなかった（二か月後の五月二十五日には本郷を含む山の手一帯に大規模な空襲があるのだが）。下町の方角を見ると、空が真っ赤に燃えていた。

四月になって私は学童疎開に行きたいと父に言い、参加することを自分で決めた。

駒込駅には十数人ほどの子どもと父母たちが見送りに来ていた。列車に乗り込んだのは、私たちの面倒を見る何人かの先生と子どもたちだけだったように記憶している。

窓辺に寄ると、線路の上の土手に見送りの人が大勢固まって見えた。目をこらして見たが、その中に父の姿はなかった。帰ったのだろうか。電車が動き出した。土手の上の人たちが手を振っている。私は父を探した。父は親たちから少し離れた所に立っていた。私に見えるようにと、父は一人で立っていたのだ。急に寂しさと悲しさとで涙が溢れてきた。

●●●疎開生活●●●

その日の夕方、栃木県の烏山に着いた。私たちは神社の境内に整列し、ここから宿泊先に分かれて行くことになった。私たちは山の上の小さなお寺に行くことになった。男の子一人、女の子二人の合計三人。

先生は男の先生が一人と女の先生が一人、それに寮母さんが二人。炊事をしてくれるお姉さんが町から通ってきていた。私は五年生になったばかりであった。

次の日、山を下って町の国民学校に転入した。笙子ちゃんという子の隣に席が決まった。笙子ちゃんはまつ毛の長い、髪の毛を耳の下でそろえている、色の白いかわいい子だった。

「仲良くするんですよ。お父さんお母さんと別れて来たのだからね」

女の先生が級のみんなにそう言って私たちを紹介した。

筆箱と教科書、帳面を出して勉強が始まった。筆箱の中には父が丁寧に削ってくれた鉛筆が三本入っているだけで、消しゴムはなかった。

笙子ちゃんが私の筆箱を見て、自分の真っ白い新しい消しゴムをナイフで半分にして、半分上げると言った。うれしかった。

東京の少国民文化協会に勤める父からよく手紙が届いた。私が初めて父あてに書いた手紙の返事が来た。大喜びで封を切ると、大きな字で漢字の間違いが直されていた。疎開先の住所「那須郡烏山」を「鳥山」と書いて出したのだった。父の手紙には、「字は正しく書かなくてはいけません」とあった。五年生なのにと、恥ずかしかった。

学校はみんな優しく温かかったが、一度だけ二人の男の子に、「何だ、東京の子はやせっぽち！」と言われたことがある。すると女の子がすぐに飛んできて、二人を追い払った。

●●●父の出征●●●

ある日、みんなで山で松ヤニ取りをしていた時のことだった。お寺の人が急ぎやってきて、すぐに寺に戻るようにとのこと。父が出征することになって面会に来ているという。

私は転がるようにして山を下ってお寺まで走った。早く行かないとお父さんが戦争に行ってしまう。私は走って走ってお寺に飛び込んだ。

父は本堂の階段に腰を下ろして私を待っていた。早く行かないとお父さんがいなくなっちゃうと思って一生懸命走ってきたと言うと父は、

「えこさんに会いに来たんだから、会うまでは帰らないよ。ほら、お父さん、こんな頭になってしまったよ」

父は国民帽を脱いだ。大好きな天然ウエーブの長髪は刈られて、別人のようだった。広い額がよけい広くなっていた。

「坊主頭じゃないほうがいい」

「戦争に行くんだから、仕方なく坊主頭にしたよ」

父は笑ってそう言ったが、その表情は少し寂しげに見えた。

父と烏山駅まで歩いた。駅舎のすぐわきに小さな文房具屋さんがあった。

「えこさんの好きなものを買ってあげるよ。何でも言いなさい」

店には文房具らしい文房具はほとんどなかった。私はマッチ箱よりは大きい緑色のセルロイドの蓋つきの小箱を手にした。これでいいと言うと父は、そんなものでいいのかいと言ってうなずいた。

店を出てから父とどんな言葉を交わしたのだろう。今では思い出すこともできないが、父がこう言ったことだけははっきりと覚えている。

「もうお寺に帰りなさい。お父さんがここで見ていてあげるから」

私は小さい頃からあまりお喋りをしない子だった。「さよなら、お父さん」と言って歩き出してから少し行って振り返った。父は立っていた。四つ角に来た。曲がる時、また振り向いた。父はまだ立っていた。そして片手を挙げた。この時になって初めて私は声を上げて泣いた。涙が止まらなかった。お寺までしゃくりあげながら歩いた。

召集された時、父は四十一歳だった。五月二十五日の山の手大空襲の折、隣組の人たちと屋根に上って消火活動をしたと手紙に書いてあったから、召集は六月の終わり頃だったように思う。

●●●敗戦そして東京へ●●●

昭和二十年八月十五日、私たちは国民学校の校庭に集められ、ラジオで天皇陛下の「終戦の詔勅」を聞かされた。けれども、雑音がひどいうえに言葉がむずかしくて、何を言っているのかさっぱりわからなかった。

お寺に戻ると先生から、戦争に負けた、戦争は終わったと聞かされた。男の子が「神風なんか吹かなかったじゃないか！」と叫んでいた。

すぐにでも東京に帰りたかったが、人口制限をして帰ろうにも帰れなかった。帰京は冬を越さなければならなかった。先に東京に戻っていた母から半纏《はんてん》が送られてきた。

その半纏を着て街のお風呂屋さんに行った。上がって着替えようとしたら、半纏が消えていた。お母さんが作ってくれた半纏。お母さんに悪いことをした、着てこなければよかったと思うと、悲しくて口惜しくてならなかった。

東京に帰るのは一九四六（昭和二十一）年三月末と決まった。帰京の前の日、本堂わきの部屋に私たちは集められ、先生から説明を聞いた。

「あしたやっと東京に帰ることができます。懐かしいお父さんやお母さん、家族にも会えますね。でもここにいるみんながみんな家族に会えるわけではないのです。悲しい知らせですが、よっちゃんのお父さんとお母さんは五月二十五日の空襲で亡くなりました。よっちゃんは一人っ子なので親戚に引き取られることになりました」

よっちゃんはいつもにこにこしている私より二歳下の男の子だった。そう言えば何日か前、よっちゃんが本堂の前の階段に座って泣いていたことがあった。どうしたの、何で泣いてるの、どこか痛いのとみんなが訊《き》いてもただ泣いているだけであった。よっちゃんはそうやって何時間も泣いていた。

今の今まで知らなかった。部屋はこそともしなかった。しばらくして、「よっちゃん、ごめんな」と、六年生の男の子が声をかけた。「ごめんね、よっちゃん」。泣きながら女の子も言った。私は声が出なかった。かわいそうなよっちゃん。

次の日、リュッククサックをしょった。その中に、前の日、両親に渡すお金だとして先生からいただいた百円札一枚を大事にしまった。

疎開してきたのは一九四五（昭和二十年）四月だから、十一か月ぶりのわが家だった。

その日の午後、駒込駅に着いた。父と妹が迎えに来ていた、家は焼けず残っていた。小石川で焼け出された父方の祖母が加わり七人での新しい生活が始まった。私たち家族は東京、山形、栃木と三つに分かれて暮らしていたのだが、一人も欠けずに生き残ったのは奇跡に近いことであった。召集された父は東京を出ず、上野の山で鉄砲をかついで訓練に明け暮れていたという。「馬鹿なことをしていたよ」と父は言った。外地に出征していたら生きていたかどうかわからない。それも奇跡の一つに数えてよいのかもしれない。

その後私は結婚して二人の男の子を授かった。

あの敗戦から七十年、夫も息子も戦争に狩り出されずに元気に暮らしている。それもこれも日本国憲法あってのこと。命が燃え尽きるまで私は、憲法を守るための活動を続けていくつもりです。平和は黙っていては守れませんから。

帝都の守りをお願いいたします

小林《こばやし》　奎介《けいすけ》
●一九三二年四月、東京都荒川区に生まれる。八十三歳。
●現在、埼玉県さいたま市在住。

●●軍国少年の誕生●●

私は一九三二（昭和七）年四月、東京・荒川区日暮里に生まれた。前年には十五年戦争の始まりである「満州事変」が起こっている。五歳の時には盧溝橋事件。まさに私は戦争の申し子として子ども時代を過ごした。

一九三九（昭和十四）年、尋常小学校に入学。幼い頃から「天に代りて不義を討つ　忠勇無

双の我兵は　歓呼の声に送られて　今ぞ出で立つ父母の国……」と、出征兵士に小旗を振り、いつも先頭に立って日暮里駅まで送ったものだった。南京や漢口が陥落した時には旗行列、夜には提灯行列に参加した。

一九四〇（昭和十五）年十月に皇紀二千六百年奉祝式典にかかわる行事が全国的に華々しくおこなわれた。旗行列、提灯行列と並んで車体を造花やイルミネーションで飾った花電車が走った。「金鵄《きんし》輝ヤク日本ノ栄《はえ》アル光身ニ受ケテ、イマコソ祝エコノ朝《あした》紀元ハ二千六百年、アア一億ノ胸ガナル」と、真剣に私は歌った。

この年、大日本青少年団が結成された。「若き者　朝日の如く　新たなる　我等大日本青少年団……」で始まる「大日本青少年団歌」の曲に歩調をとった。団杖を銃に模して肩に二羽の赤鷹の団旗を先頭に「団長（校長）に対して頭右《かしら》ーっ」と昼礼後、校庭で隊列を組んで行進した。

一九四一（昭和十六）年四月、国民学校発足。尋常小学校は国民学校になり、初等教科書はがらっと変わった。「富士山」の歌では、「あたまを雲の　上に出し　四方の山も　見おろして…」の文部省唱歌ではなく、「やさしいようで　ををしく　たふといお山　神の山　日本一の　この山を　世界の人が　あふぎ見る」と「八紘一宇」を教え込まれた。

「大東亜戦争」が開始されてはじめの六、七か月は勝ち進み、教室に作られた地図の上に毎日小さな日の丸を立てた。

「太平洋や南の海にはすでに新しい日本の国生みがおこなわれました。神代の昔、大八洲《おおやしま》の国生みがあったと同じように、この話は末長く語り伝えられるものです」

「日本よい国清い国　世界に一つの神の国。日本よい国強い国　世界にかがやく　えらい国」

「……昔から今まで続いて、今から先もまた限りなく続いて行く国は世界にただ一つ、わが大日本があるだけあります。そうして皇室と臣民とは一体となって道義を貫いて来ました」

こうした話を毎日のように聞かされて日々を過ごした。毎月一日と十五日に全校、神社に出かけて参拝。日本は間違いなく勝つと信じた。疑うことを知らない私は、先生の教えと教科書から学んだ。軍国少年の私が育っていった。

●福島・岩代熱海へ学童疎開●

一九四四（昭和十九）年、マリアナ群島のサイパンはじめグアム、テニアンで日本守備隊が玉砕（全滅）。本土空襲が現実となった。

七月に入ると、父兄たちは学童疎開の準備で忙殺されるようになった。私の家は、田端と南千住を結ぶ貨物隅田川線にごく近いところにあった。覆い隠された戦車や大砲を積み、日除けを下ろした窓、消灯したまま兵隊を乗せた軍用列車が昼夜を問わず家を揺るがせながら長く長く走っていった。貨物線に沿った線路の両側は「建物疎開」に指定されて強制的に壊されていった。

夏休みに向けて慌ただしく父兄会が頻繁に開かれた。わずか一、二か月の間に縁故疎開、集団疎開、残留と三分され、友だちと別れることになった。

この年の八月二十五日夜、小柄な私は国民学校の号令台に立っていた。

「元気に行ってまいります。……帝都の守りをお願いいたします」

大勢の父母兄姉を前にして、力強く挨拶した。鎮守諏方台の四十人近い父母らが提灯を振って別れを惜しんだ。

その夜のうちに東京を離れ、翌朝、私たち荒川区第一日暮里国民学校の学童二百五十名は、福島県岩代熱海駅頭に整然と降り立った。

花もつぼみの若桜　五尺の命引っさげて　国の大事に殉ずるは　われら学徒の面目ぞ

地元高等科の兄さんたちが奏でる「ああ紅ないの血は燃ゆる」で熱烈な出迎えを受けた。早朝なのに、まるで夕方かと錯覚するほど、ねずみ色の雲が低く垂れこめていた。これから先を暗示するような天候であった。

私たちは大小四軒の旅館に分宿した。六年生を班長に一班五―八人くらいの男女別、班単位に組織された。

その夜はたいへんなご馳走だった。疲れと興奮が鎮まると、家に手紙を書く者、物思いに耽る者などさまざまだった。そのうちに下級生の部屋から泣き声が聞こえてきた。東京から持ってきた内緒の食物が底をつき、上級生に抑えられる日々が始まった。生活の急変による落ち込みは、恵まれた家庭に育った者ほどひどかった。

宿舎での生活

午前中は宿舎で各自で勉強し、午後から地元の学校を借りての授業がおこなわれた。学校までの二十五分の道のりを隊列を組んで向かった。「今日も大根、明日も大根。みんな合わせて大大根《おおだいこん》」とわけもわからず唱和して行進した。今思えば、毎日大根ばかり食べさせられたことへの小さな抵抗だったかもしれない。

登校すると、まず机の中を見た。高等科の姉さんたちが時折、ふかし芋を用意してくれていたからだった。子ども同士のささやかな交流であった。

下校途中、上級生は農家の軒先に糸や藁で吊るした干し柿や干し芋を石で落とし、気に入った者だけに分け与えて空腹をしのいだ。夜になると宿をこっそり抜け出して渋柿を盗んで食べ、糞詰まりになる子が下級生の間に多く発生した。

本部となった金蘭荘では、面会が始まった十月までに下級生を中心に縁故疎開への変更が続出した。当初一六〇名だった疎開児童は一二〇名にまで減ったと言われた。

旅館の番頭さんの証言によると、旅館の主人はおやつのじゃが芋などを主食扱いにして米を浮かし、わずかな間に十数俵の米を横流ししたという。主人は東京に呼び出され、何日間か警察に留置された。

戻ってきた主人は迷惑をかけたと、六年生を修学旅行の代わりとして、自分の経営する東山温泉不動滝に招待してくれた。そこでその宿に疎開していた東京・下谷区入谷国民学校の子らと交流し、「会津磐梯山」の踊りで楽しいひとときを過ごした。

●空腹とのたたかい●

食べ物につながる記憶をたどると、次から次と蘇ってくる。

寮長先生が不在の時など、奥さんからお呼びがかかり、寮長室でゆっくりご馳走になった

疎開先での面会　親に面会に来てもらえない子も大勢いた

りした。

番頭さんの家が町なかにあった。学校の帰り道に寄るように言われて行ったところ、食べ物を分けてくれ、それを内緒で持ち帰ってみんなで分けて食べたりしたことが何度かあった。

風呂焚きの小父さんが焼き芋を作ってくれたのを釜のそばで急いで頬ばったことも懐かしい思い出の一つになっている。

近在の婦人会などから慰問品として大豆、芋、切り餅などが送られてくると、六年生の何人かと寮母さんで受け取りに出かけた。駄賃にひと握りの豆をもらって帰り、それを茶筒に入れて炒《い》って食べた。なかには先生に見つかって寮母さんに迷惑をかけたドジな子もいた。

テニアン島玉砕について感想文を書いたところ旅館の主人の奥さんに褒められ、ご褒美に特大の供え餅をもらった時には天にも昇る心地だったが、行李の底に隠しておいた〝宝物〟はその日のうちに盗まれてしまった。盗んだのは同室の子で、ほかの班の子と持ち出し、こちこちの硬いまんまのそれを齧《かじ》って食ってしまった。

ある日のこと、宿舎の旅館の奥さんが留守をするということで、寮母さんがお昼の食事の支度を頼まれた。大きな釜には少々の米とかぼちゃが入っていた。土間の隅にはかぼちゃが二〇個ほど置かれてあった。寮母さんはその一個を手早く切って釜の中に放り込んだ。昼食は山盛りのかぼちゃ飯となって、部屋のみんなは久しぶりに大騒ぎだった。

いじめ

宿ではしばしば盗難事件が発生した。

盗み癖のあるTという子がいた。事件が起きるとその子の仕業にして、上級生は先生の真似をしてビンタや殴るなどしてその子をいじめた。終いには自分がやっていない盗難事件まで自分がやったと〝白状〟するようになってしまった。

六年生の〝横暴〟にならって、体格のよい五年生がおとなしい六年の班長を抑え、自分たちを〝マレーのハリマオー〟と名乗って〝ハリマオ様〟とみんなに呼ばせて、誰彼かまわず跪《ひざまず》かせたり貢がせたりなどする事件も起こった（ハリマオーというのは、戦前マレーで名を馳せた盗賊で、戦前の日本でもよく知られた人物だった。本名は谷豊。戦後、「マレーの虎ハリマオ」として映画や小説、歌などで人気を博した）。

低学年の中から脱走者が出た。岩代熱海駅構内に停めてあった貨車の車体に「赤羽」と書かれたカードを見つけ、これに乗れば家に帰れると、荷物の陰に隠れたのだった。その晩、六年生全員に招集がかかり、外套をまとい、団杖を持って山狩りをしたが見つけることはできなかった（結局、低学年のその子は赤羽まで脱出することに成功したが、長い時間その貨車の中にいたために酸欠状態となり、衰弱した状態で発見された。その後のことはわからない）。

父兄の面会日はくじ引きで決められた。裕福な家庭の子の場合は優先的に面会日が与えられた。食料や日用品などをたくさん持ってきてくるからで、それは子どもたちの食事の一部やおやつになったりしたほか、先生の余録にもなっていたのだった。

私などのように親が一度も面会に来てくれない者にとってはうらやましくも妬《ねた》ましい日ではあったが、ともあれ、面会日は子どもたちの心待ちの日であった。

冬が近づくにつれ、虱が大量に発生した。私たちは「ホワイトチイチイ撃滅」と、日課のようにして虱《しらみ》退治に精を出した。それは指先がどす黒い血で染まるほどであった。頭に毛虱がわいた女の子は、寮母さんに梳《す》き櫛《ぐし》で退治してもらっていた。

うれしかったのはお正月に「お呼ばれ」という行事があったことだった。それは地元の農家の好意でおこなうもので、疎開した子どもたちを近所の農家が招いて食事をご馳走することだった。その時初めて餅つきを見せてもらった。当時貴重品の砂糖を使ったあんこの入った餅のほか、きな粉、ごまでまぶしたつきたての餅、そして大根おろしで食べるつきたての餅。おなかが苦しくなるほどご馳走になった。感謝の気持ちを伝えたくて戦後ずいぶんと経ってから三度、その農家を訪れている。

帰京と大空襲　そして敗戦

一九四五(昭和二十)年二月二十四日、国民学校を修了し、進学のために集団疎開先の岩代熱海から帰京した。

早朝の帰宅。喜ぶ間もなく大雪という天候の中、米艦載機が来襲した。ありがたくない歓迎だった。夕方にはB29の編隊の来襲。疎開から帰ったきた途端、空襲の体験をする羽目となった。

私の家の防空壕は、畳を上げて縁の下に掘ったタコツボのようなもので、その中に私は一日中入っていた。その夜、第一日暮里国民学校の校舎の半分が焼失した。

三月十日。B29三三四機の大編隊は無数の焼夷弾を下町にばら撒き、一〇万人以上を焼き殺し、三七万戸の家を焼きつくした。

諏方台の高台から見た下町は、強風にあおられて四方八方火の海だった。翌日、浅草方面を見ると仁丹塔や松屋デパートは焼け崩れ、隅田川に架かる橋が見通せるほどであった。

この空襲で用意されていた卒業証書はすべて焼失した。そのため、卒業式は第五日暮里国民学校の校庭でおこなわれたが、父兄の出席はゼロだった。急遽作られた卒業証書はわら半紙四分の一のガリ版刷りの粗末なものだった。

私の生家はこの三月十日の空襲ではなく四月二十五日の空襲で焼失した。それで、父の実家の埼玉県須影村の納屋の二階を借りて住むことになった。大八車に家財道具を載せ、引っ張ったり押したりして片道八〇キロの道を引っ越した。舗装していない道が大部分だったから難行苦行の連続だった。

地元の中学校に転校の手続きをとったが断られた。やむをえず国民学校の高等科に通うことになった。

それからは学校通いのかたわら、大黒柱が兵隊に取られて人手のない農家の仕事を手伝った。蛭《ひる》に吸われながらの田植え、強い陽射しの中での田の草取り、モッコでの腕が抜けるような土運びなど、空腹の十三歳には苛酷であった。

八月十四日。終戦の前夜、高等科の一、二年生は非常呼集を受けて学校に集まっていた。軍事教練として須影村から熊谷までの徒歩行軍だった。途中、熊谷が大規模な空襲に遭っているのを遠目に見、途中から隊列は須影村に引き返した。

前日の疲れで朝遅くまで寝ていた。昼過ぎ、小川で遊んでいると、「大変だ！　大変だ！」と大声を上げながら、伯父が敗戦を伝えに飛んで来た。そして、「鬼畜米英に何をされるかわからない」と言い、すぐ家に戻るようにと言った。

私は日本は必ず勝つと信じていたので、伯父の言葉をすぐには受け入れられなかった.

何日も茫然と過ごした。〝軍国少年〟を卒業するのに、それからずいぶんと長い時間がかかった。

たたかいの日々
そして青春

高橋《たかはし》　八代江《やよえ》

●一九二六年三月、北海道礼文島に生まれる。八十九歳。
●現在、東京都狛江市在住。

●●●太平洋戦争に突入●●●

一九四一（昭和十六）年十二月八日の朝七時、チャイムのあとに上ずったアナウンサーの声がくり返しラジオから聞こえてきた。

「臨時ニュースを申しあげます。臨時ニュースを申しあげます。……帝国陸海軍は今八日未明、西太平洋においてアメリカ、イギリス軍と戦闘状態に入《い》れり」

私は急いで学校へ行った。当時十五歳であった私は女学校三年生で、とにかくいつもと違うなと思いつつ学校へ急いだ。

学校は小田急線経堂駅の近くにあり、創設されて十年ばかりの新しい学校であった。講堂に集められた私たちは、校長の「今日日本はアメリカに宣戦布告し、すでにハワイ沖の米軍艦をたくさん撃沈した。学校がこれからどのように進むかを先生たちも相談するので、今日の授業は休みにする。すぐ家へ帰れ」との緊迫した話に、すぐに下校しなければならなかった。

空が真っ青であった。しかもまるで死んだ街のように街中がしんとしていた。人の声も自転車のベルの音もまるで聞こえなかった。死んだようだ、と思った。その街の静けさと私の上空に広がっていた青い空とを、私は今も思い起こすことができる。

それからのことを思い出すと、何かあまり変わったことはなく、授業は翌日からいつものとおりおこなわれ、運動会も学芸会も修学旅行まで例年どおり実施された。

校長は石川しずと言われた方で、背の高い男性のような人であった。彼女は東京府立第一高女を卒業したあと、アメリカに留学し、数年前に帰国したばかりのハイカラな先生であった。前任の市川源三校長が朝鮮に旅行に行かれ、帰国されてすぐお亡くなりになったので、石川先生が就任したのだった。一九四三（昭和十八）年三月、十七歳の私はこの学校を卒業することになった。そのお別れ会が開かれた。卒業生一同と教職員が講堂に集まった。

指名された私は独唱することになった。伴奏は音楽の先生だった。曲は島崎藤村作詞、橋本国彦作曲の「千曲川旅情の歌」であった。

「昨日またかくてありけり／今日もまたかくてありなむ／この命なにを齷齪《あくせく》／明日をのみ思ひわづらふ」で始まるかなり長い詩のこの曲を、私は万感の思いをこめて歌いあげた。音域も高く広くむずかしい曲であったが、母校への限りない感謝の思いをこめて一心に歌いあげた。

当時、私は自分の進路を音楽大学へと思っていた。十歳の時、母が買い求めてくれた小さい足ぶみオルガンをマスターし、自分で楽譜を買ってきては新しい歌を次々マスターし、楽しんでいた。この「千曲川旅情の歌」も学校で習う前に自分で歌っていた曲だったので、全校生徒の出演する学芸会でも独唱していたし楽譜もすっかり諳《そら》んじていた。しかし、私は音楽大学へは進まなかった。

父が選んだ女性、つまり私の母はハイカラな音楽好きの少女であったようだ。その母から、若かった頃バイオリンを弾いていたと聞かされたことがあるが、そんなこともあって母は自分の娘のために足ぶみオルガンを買い、それを弾きながら歌を歌って私を育てたのだった。

出陣学徒壮行会（1948 年 10 月 21 日、雨の明治神宮外苑競技場で）

小学校六年生のその時から私は、ひまさえあればオルガンを弾いて育った。

●●●学徒動員●●●

日米戦争に否応《いやおう》なくひきこまれた私は、女学校を卒業すると日本女子大学の国文科に入学した。その一年後には、学徒出陣式に出陣する学徒兵を見送るため、雨の明治神宮外苑競技場のスタンドに立った。

軍楽隊が勇ましい軍歌を演奏するなか、何千人もの大学生たちが学帽に学生服、脚にゲートルを巻き、右肩に銃をかつぎ、隊列を組んで行進していった。

一九四三（昭和十八）年十月二十一日のことだった。

大学生を見送った私たち女性に課せられた〝銃後の仕事〟とは何であったろう。

その年の九月、西生田（今のよみうりランド前）の新しい校舎に集まった私たちは、自治会のような集まりを持ち、これからは戦争のために学業を休んで〝学徒動員〟なる命令に従って行動すると誓った。

校長は井上秀という人で、あの有名な「欲しがりません勝つまでは」というスローガンを生み出した女校長であった。国文学部長は歌人の茅野《ちの》雅子先生で、いつもゼーゼーと痰のからまった声をふりしぼるようにして話をする先生だった。学校が休校となって一人も学生が登校しなくなって、いちばん寂しく思っていたようだった。

私に下された動員先は上野図書館であった。当時八十名のクラスメイトのうちの半分は故郷に帰ったり、戦地に向かう兵士と結婚させられたりなどで中退していった。そのまた一部分の四名の学生が上野図書館に行ったのだった。

仕事は来館者が見たい本を探すためのカードを書くことであった。今はもう忘れたが、幅が十センチ、長さが五センチほどの白いカードに、書名、著者名などを書き込んでいく。しかもそれは古いカードを新しいカードに書き写すだけのまことに単純至極な作業であった。戦争が始まったというのに、こんな呑気な仕事でいいのだろうか。手がつかれると、めったに訪れる人もない、しんと静かな館の窓からぼんやりと外を眺めることがたびたびあった。

昼休みには庭に出て仲間と一緒に弁当を食べ、おしゃべりをした。同じ動員学徒で来ていた東京物理学校の学生とも友だちになった。

その仕事は三か月で終わりとなった。上野図書館の館長は、明日ここを去るという私たち四名を上野精養軒に招待してくださり、フルコースの洋食をご馳走してくださった。生まれて初めてのナイフとフォークの慣れない洋食に、私はすっかり戸惑った。しかも私の前には館長先生自らが着席していられたから手は震え、体中がこわばった。そんな緊張しきった私をじっと見つめていられた先生の眼差《まなざ》しは、あまりにも優しかった。まるでご自分の娘たちをいとおしむようなお顔であった。私はますます喉を通らないほど緊張をおぼえたのだった。

たった三か月しかお手伝いをしなかった学生たちになぜご馳走してねぎらってくださるのか、私にはまったくわからなかった。しかし今になって思うと、大学二年生という知識も学問も最も吸収する時期にそれができない若者に、たとえ三か月とはいえ、古い図書カードの再生といった仕事をさせることにどんなにか苦しんでいられたのではないかと思う。私たちには身に余る精養軒の洋食は、館長自らのポケットマネーで出されたものかもしれなかった。白い皿の向こうから注がれた学者風の上野図書館長の面影を私は今も忘れない。

一九四四（昭和十九）年になった。

私の新しい動員先は、芝浦という東京湾の近くの軍需工場であった。

この頃から制空権制海権は次々と米軍の手に移り、四、五日おきに米機が東京上空に飛来するようになった。

そのようななかでも私たちには、芝浦のバラック建ての工場で飛行機の組み立て用のネジを製作し選別するといった細かい作業が課せられた。

一日は午前八時に始まり、午後四時までつづいた。工場には同級生が二十人ほど、ほかに私立麻布中学の男子生徒が何人か来ていたが、大半は元から働いている職工さんたちであった。彼らはシャツを脱いだ上半身を火にさらしながら、鉄をとかす大きな釜の前に立ちはだかり、全身から汗をしたたらせながらネジを作っていた。太いネジやさまざまな長さ太さのネジを何十種類と鋳造する。学生たちはそのネジを弁別する仕事だった。

しかし、敗色濃くなったその年の末頃には、その材料の鉄がなくなった。ある朝工場の天井を振り仰ぐと今まで屋根を覆っていたトタン板がはがされ、ぽっかり空が見えた。トタン板は兵器の材料にされていたのだった。

ある日、空襲警報のサイレンがけたたましく響きわたった。私たちが防空壕の中に飛び込むと、深さ一メートルほどの溝の中には海水がたまっていた。

米軍機は爆弾で私たちをおどしたあと、東京湾上空を飛び去っていった。幸いなことに、誰一人負傷することなく、私たちは帰途についた。

間もなくこの工場は閉ざされた。

戦争の終わりを迎える

十九年の冬から翌年の春にかけて、芝浦での苛酷きわまりない動員生活のため風邪をこじらせて、医師から肺浸潤と診断され、二か月休学することになった。

級友が私の家にやってきて、新しい動員先を知らせてくれたのは春浅い三月であった。ようやく病気から立ち直った私に課せられた仕事は、海軍司令部という何ともいかめしいお役所であった。

場所は目黒で、駅からさほど遠くないきれいな四階建てのビルだった。その一階だったか二階だったかの一室は広さが二十坪ほどで、長方形のテーブルが何列か並んでいた。そのテーブルの両側に私たちは着席した。片側に女子大学生五人、向かい側に海軍少尉の肩章をつけた東京帝大生が十人ほど座っていた。

私たちに課せられた仕事は、敵の暗号の解読といういかにも大変そうな仕事だった。それはB4サイズの白い紙に書かれている、1+1=　2+1=　3+2=　4+1=　といった簡単な数式に答えを書き入れていくというものだった。

朝九時からかかり、昼休み、中休みと休憩はあったが、一日中こうした計算の仕事をしていると頭の中が水をしぼられた海綿のようになり、言いようのない疲労感におそわれた。

東京は三月十日、四月十三日、十五日、五月二十四日未明、二十五－二十六日の五回の大空襲で潰滅に近い損害を受けた。とりわけ三月十日の下町をねらった大空襲では一夜にして十万余の市民が亡くなった。外に立って東の方を見ると、真っ赤な煙が空を焦がすようにひろがっていたが、そこでどれだけの叫喚があったたか、知る由もなかった。

私がその事実をはっきり認識できたのはずっとのちのことだった。当時は世田谷区に近いとはいえ、一面麦畑の真ん中で暮らしていて、家の周辺に焼夷弾が数発落とされたり、日本の戦闘機が近くに落ちたり、米軍機をねらって撃った高射砲の弾丸の破片がわが家の玄関に落ちたりということはあっても、下町方面に落とされた数千発の焼夷弾のものすごさは知るべくもなかった。

そんなある日の朝、家を七時ごろに出て動員先の目黒へ行こうとしたが小田急電車は経堂止まりで、その先には行けないという。仕方なく経堂から渋谷をめざして今の世田谷通りをひたすら歩いた。三軒茶屋のあたりに来ると、東の方から家を焼かれた人々が力なく歩いてくるのだった。その重い足どりとすれちがいながら渋谷に着き、省線の線路に沿って恵比寿、目黒をめざして進んだ。

恵比寿駅の近くまで行くと、倉庫の中に麦がくすぶっていた。ビールを造る材料が燃えているのだった。そのそばをすり抜けるためには、燃えくすぶっている麦の山を越えていかなければならなかった。おそろしかった。歩ける道は幅が五十センチもなかったが、私たちはそこを飛び越えて前へ進んだ。

そこから二十分ほどで海軍司令部にたどり着いた。部屋に飛び込むと、女子大学の寮に泊まっていたクラスメイトがかけ寄ってきた。彼女たちは不通になった山の手線の線路づたいに目白から目黒まで歩いてきたのであった。朝七時に出て、着いたのは十二時だった。

たった一度の集中講義

大学当局は私たちに学徒動員で仕事を課しながら、大学側が実施すべき月一度くらいの集中講義をまったくおこなわないまま五月を迎えていた。

その二十五日、五回目の大規模空襲におそわれ、文京区周辺も火の海となった。国文学部長の茅野雅子先生と夫君である文学者の茅野蕭々《しょうしょう》先生の家と書庫はあえなく灰燼《かいじん》に帰した。先生ご夫妻は目白の大学に難を逃れて、かろうじて生活をされていた。

その蕭々先生の集中講義の知らせを受けた私は、その年の春、飛び立つ思いで目白の母校へ急いだ。

大学はすでに廃墟同然だった。窓ガラスはあちこち割れ、前の晩に降った雪が教室の中に積もっていた。

教室に入ると、うす暗い教室の教壇の上に先生が一人椅子にかけ、私たちが集まるのを待っていられた。室内にはすき間から降り込んだ雪で机は真っ白であった。大急ぎで雪をはらい落とし、席につくためにオーバーなどを脱ごうとすると、先生はそのまま着ていなさいと言われた。たしかにそこは暖房具などなに一つないガランとした教室だった。

先生は家も着物も本も全財産を焼かれていた。その時着ていられた黒いオーバーコートが、先生の唯一の洋服であったことだろう。私たちはだまってそれぞれの防寒着をしっかりと体にまきつけた。そして先生の最後の講義に耳を傾けたのだった。

この日のことを思い出すだけで私は涙があふれてくる。その時ほど学ぶことの喜びを教えられた日はなかった。先生の眼光はするどく、あたかも光を放っているかのようであった。

そのお声は朗々として力に満ちていた。黒いたった一枚焼け残されたオーバーの中から、ほとばしるような情熱を傾けて教え子に話された。先生は時々椅子から立ち上がり、狭い教壇の上を左に右に移動しながら、「文芸復興」の話をされた。ルネッサンス、復活の文学。それは先生ご自身の願いの文学であったであろう。

ルネッサンス、復活の世界、よみがえりの神々、その神々をいまここに在《あ》らしめよ——。先生はそう叫んでいられるようであった。

その集中講義のあと、先生は病床につかれた。敗戦を迎えたにもかかわらず、その年の十月、夫人の雅子先生ともども昇天された。

先生とのお別れ式があった日、私はひとり大学の図書室に入った。入り口に立ってうす暗い部屋の正面の戸棚に厚さ十センチはある一冊の本の背文字が見えた。その背には「ギョエテ研究　茅野蕭々」と印刷されてあった。

Ⅳ 手を結び 地を這って ——【引揚体験】

引揚列車を待つ子どもたち

引揚船に乗り込む人々

六歳の記憶

上田《うえだ》　廸子《みちこ》
●一九三九年二月、満州国（中国東北部）間島省に生まれる。七十六歳。
●現在、熊本県人吉市在住。

●●●母ありてこそ●●●

白寿を前にして母は、昨年三月十日早朝、旅立ちました。

「姉妹《きょうだい》仲よく生きていきなさいよ」

気分のいい日のある朝、看病していた下の妹と私に母がそう言いました。死の近いことを覚っていたのかもしれません。

私たち姉妹三人の口癖は「母に足を向けて寝られんよね」でした。というのは、〝満州生まれ〟の幼い私たち三人（六歳、四歳、二歳）を一年がかりで日本に連れ帰ってくれたからです。そして、テレビで中国残留孤児（邦人）の報道を観るたびに私たちはつぶやいたものです。「お母さんががんばって連れて帰ってくれなかったら、私たちも〝日本語を話せない日本人〟だったはずよね」

そして話の結びに出てくることばがいつも「母に足を向けて……」なのでした。

友人のみなさんと短歌の会をもっている夫がこんな歌を詠んでいます。

満州に生まれし妻は箸を止め孤児が勝訴の画面に見入る

「満州」に渡る

営林署勤務だった父の転勤で、新婚間もない母は「満州」（中国東北部）の間島《かんとう》省図們《ともん》に渡りました。私たち三姉妹はその「満州」で生まれましたが、出生地は父の転勤によって違います。長女の私は図們、二女の由美子は承徳《しょうとく》、三女の洋子は新京《しんきょう》だと話してくれたのを覚えています。

「満州」では現地のお手伝いさんが三人もいました。ですから、母はまったく苦労知らずの奥様然とした暮らしだったそうです。私の幼稚園の送り迎えもそのお手伝いさんたちの仕事だったらしく、恵まれた豊かな生活でした。

あとで知ることになるのですが、「満州」という国は日本が中国に侵略して勝手につくって建てた国の名前でした。ですから、「満人」などと言ってはならないことばだったのです。私たちは侵略した側にいたのですから——。今でもつい「満人」と言ってしまい、夫から注意されています。

戦争末期の一九四四（昭和十九）年、父（上村末彦）は二十九歳で現地召集されました。出征というその日の朝、父は私たち三人の幼い娘を一人ひとり抱き上げ、抱きしめました。抱き上げられた私は、父が戦争に行くなどとは露知らず、「お父さん、行ってらっしゃい」と、いつものお決まりのことばで無邪気に見送ったことを微かに覚えています。

これが永遠の別れになるかもしれないと覚悟をしていたであろう母は、さぞかしつらく、心細く、悲しかったことだろうと思います。母がなんと言って父を送り出したかまったく覚えていませんが、永遠の別れを覚悟しながらも一方ではきっと帰ってくると信じて送り出したのではないでしょうか。

しかし父はそれっきり帰ってきませんでした。戦死の知らせもなく、行方不明のままでした。母はどんなにつらかったことでしょう。でも、私たち子どもの前では泣き言ひとつ言わず、やさしく接してくれていました。

天と地がひっくり返る

一九四五（昭和二十）年八月十五日の敗戦の日を境に、天と地がひっくり返ったような生活の変化が起きたことを幼心に覚えています。

日本人は危ないから早く帰国したほうがいいという知らせが終戦になる少し前にあったので、母と私たち三姉妹は、とりあえず手回り品だけ持って「満州」を脱出することにしました。家財道具は「満人」のお手伝いさんに荷造りしてもらって後で日本に送ってもらうことにしました（その一年後、日本にたどり着きましたが、荷物は何ひとつ届きませんでした）。

いよいよ一年がかりの引き揚げです。出発のときは、今まで帰国していたときと同様に汽車に乗って帰国の途についたのですが、途中で空襲に遭ったり、敗戦となったりで、帰路は一変しました。

母は二歳の妹洋子を抱き、四歳の妹由美子を背負い、身の回りの荷を手に提げていました。六歳の私は、小さな荷物を持ってのひとり歩きです。昼は危ないからと、ぎゅうぎゅう詰めの貨物列車や牛馬を運ぶ窓もない貨車に鼻をつまんで乗っての逃避行です。

営林署の社宅近くの親しくしていた「満人」の見送りを受けて出発したときは、これまでの里帰りと同じ楽しい気持ちだったのですが、途中何度も空襲を受けて朝鮮で足止めとなりました。

朝鮮では港近くの倉庫の横の家での生活でした。食料品はほとんどなく、毎日出荷される米の倉庫にこぼれ落ちている米粒を引揚者の人たちと拾いに行っては食料の足しにしていましたが、拾える量は知れたものです。拾った米は重湯にしてわずかに空腹を満たしていました。

その頃母は、午後の三時頃になると決まって全身に震えがきました。私たち三人は母の上に乗っかって必死に押さえていたものでした（あとで知ったのですが、母はマラリアにかかっていたのでした）。

朝鮮で引揚船を待っているうち、友だちになった子たちが次々といなくなりました。そのお母さんたちに訊《き》くとお母さんたちは、「こんな苦しみは味わわせたくないので、現地の朝鮮の人に預けた」と言っていました。

●●●ぐらしか　ぐらしか●●●

私は今も船の汽笛が大嫌いです。ようやく引揚船に乗れはしたものの、病や栄養失調などで亡くなる方々がたくさん出ました。多くは病と栄養失調からということでしたが、そのたびに水葬です。白い布にくるまれた遺体は板の上にのせられ、甲板から海に滑り落とすのでした。遺体が海中に没すると船は汽笛を鳴らしながら三回ほど旋回し、お別れするのでした。それがたび重なると私は、船底に逃げ込んで耳をふさいでいました。

わずか六歳の私にさえ脳裏にこんな記憶が刻まれているのですから、命がけで幼い私たち三人を連れ帰った母の苦労はいかばかりだったでしょう。つらく悲しい記憶が山ほどあったにちがいありません。

その頃のことを母と語り合ったことがあります。高校に入学した頃のことだったと思います。

「朝鮮の港から船に乗ったときは、ああ、帰れるなあとほっとしたもんだよ。私はまだ三十歳だった。あんたたち三人のおかげよ」

「えっ、なんで？　私たちば連れて帰ってくれたのはお母さんでしょ」

「そらあ、そうだけど、あんたたちのおかげでお母さんにとんでもない力が出たとよ」

母はそれ以外のことはいっさい口にしませんでした。だから、私たち親子四人の苦しかった引き揚げの苦労は、当時六歳の私の脳裏に残っているだけなのです。妹たちはもちろん覚

敗戦前、母の実家に帰省した折の写真。前列左から母の妹、祖父、筆者、一人おいて祖母、後列左から母の妹、母、筆者の妹、母の弟、父

えていません。

ようやく母の実家のある湯前駅に着きました。

祖父母は弁当を作って駅まで迎えに来てくれていました。一年ぶりに見る祖父母です。「よう帰ってきたね。よかった、よかった」祖母は涙を流しながら抱きしめてくれました。祖父はそのそばで見ていましたが、「ふとう（大きく）なったね。よし、よし」と頭を何度もなでまわしてくれたのをかすかに覚えています。

途中の田んぼで弁当を開きました。まっ白な大きいおにぎりでした。でも、お腹は空いているのにのどを通らないのです。水ばかりが目立つ重湯のようなものばかり啜《すす》っていた私たちののどは、固いものを通さないのです。そんな私たちを見て祖母が「ぐらしか、ぐらしか」と言ってまた泣いていました。

「ぐらしか」というのは、後で知ったのですが、球磨弁で「かわいそう」という意味の方言だったのです。その後も祖母は私たちを見るたびに「ぐらしか、ぐらしか」と言っていました。

母の苦労と父の〝帰還〟

日本に帰ってからも母は苦労の連続でした。幼子三人を育てるために働かなければなりません。母は私たち三人を祖父母に預けて洋裁学校に通って技術を身につけると、その技術を生かして一日中家で洋裁の仕事をしていたのを覚えています。ときどき肩に手をやる母の姿を妙にはっきりと覚えています。

私が中学生のときでした。その頃ＮＨＫのラジオ放送に「尋ね人」という時間があって、生死不明の人々の安否情報を伝えていました。あるとき、その放送を聴いていた母がＮＨＫに連絡をとったらしく。あるとき秋田県の方から便りがありました。「戦地でのすごく寒い夜、あまりの寒さにたくさんの兵士が意識を失った。気がついたときにはかなりの兵士が息絶えていた。その中の一人が上村末彦君だったと思う」という意味の手紙に添えて、その地から持って帰ったという〝土〟が入っていました。

母は震える手で封筒から土くれを包んだ紙袋をとりだし、黙って手を合わせ、素焼きの壺にそっと移しました。私たち姉妹はそのそばで黙って座っておりました。

その後しだいに父の遺骨が帰ってきたような気になってき、ずっとその土に手を合わせ、今日まで生きてきました。今、母はその土と並んで眠っています。私たち姉妹はよく「お父さんはいつかきっと違う奥さんを連れて帰ってくるかもよ、と母をからかっておりましたが、いつも母は、「私はあんたたち三人の子どもと一緒だけん、幸せよ」と言っておりました。

その後母は、私たちを祖父母に預け、保母資格の免許をとるために別居し、熊本市にある保母養成所に入りました。卒業と同時に町立の保育所に勤務し、定年の五十五歳まで勤め、私たち三人の子どもを育て上げてくれました。保育園勤務の後年は主任保母として保母生活を全うしました。

晩年は、八人のひ孫に囲まれて幸せそうでした。やさしく強い母に心から感謝しながらも、生前〝ありがとう〟のひと言も言わなかったことが心残りになっています。

私の執筆を励ましてくれた夫精一は後日、次のような歌を詠み、歌人誌に発表しました。夫に感謝し、ここに歌を添えておきます。

いくたびも妻涙ぐみ書きつづる「満州」引き揚げ六歳の記憶
引き揚げの船待つ日々は米拾い重湯すすりて生き抜きたりし
妻言えり「船の汽笛は大嫌い」引揚船での水葬過《よぎ》りて
子らは無理預かるからと言われしも母は拒みて引き揚げ果たす
「満州」より連れ帰りたる母がいて残留孤児とならず今あり
骨《こつ》ならぬ土に線香あげし母の無念思いて妻は涙す
戦争はいやだと逝きし母の遺志胸に抱きて妻は生きると

掠奪《りゃくだつ》と陵辱《りょうじょく》におののきながら

久保田《くぼた》　智子《ともこ》
●一九三五年八月、満州国（中国東北部）黒竜江省に生まれる。七十九歳。
●現在、東京都板橋区在住。

●●●敗戦の日●●●

夏休み中の炎天下、私は友人と二人で重いバケツを提げ、六年生の班長の家に向かっていた。私は満州国錦州《きんしゅう》市の桃林《とうりん》国民学校四年生。バケツの中身はヒマの種子。ヒマは「唐胡麻」といって、種子は楕円形で暗褐色の斑点があり、うずら豆に少し似ている。これを搾《しぼ》ってヒマシ油をとり、下剤や機械油として使ったらしい。

私たち児童は戦争協力の勤労奉仕として、校庭や道路わきにヒマの栽培をするように命ぜられた。虚弱児の私にはとてもつらい重労働で、立ちくらみで何度も倒れた。

こうして、栽培・収穫した貴重な種子を班長宅に届けに行くのである。

学校からしばらく歩いて高い塀を曲がると、東棉紡績《とうめん》工場の赤煉瓦《れんが》の塀が長くつづいている。そこに思いがけない光景が広がっていた。塀に沿って大きな白旗がずらりと掲げられていたのである。風になびく大きな白い布は、青々とした竹竿にくくりつけられていて、息を呑むほどに美しい。二人は呆然と見とれていた。

遠くのほうで竹を切る鋭い音がした。長い軍靴をはいた一人の日本軍将校が軍刀を振るって竹竿を切っていた。白い布も切り裂いているが、絡みついてうまくいかない。見ている私たちに気づいた将校は、抜き身のままの刀を振り回しながら近づいてくると、怖い顔で怒鳴った。

「さっさと帰れ！　誰にも言うんじゃないぞ！」

急いで向かった班長宅では、ラジオの周りに隣組の人が大勢ガヤガヤと集まっていた。重大発表があるという。

正午、全員が直立不動の姿勢で昭和天皇の「玉音放送」を聞いた。ラジオは雑音ばかりが大きくて、何を話しているのか大人にもわかっていないようだった。天皇の奇妙に甲高い独特のイントネーションだけが耳に残った。

日本の敗戦は数日前から囁かれていたらしく、やっぱり日本が負けたらしい、ということになった。大人たちはヒソヒソと話し始めたが、泣く人も大声を上げる人もいなかった。ただ不安感だけが広がっていくようで、人々はそそくさと散っていった。

走って帰宅すると、母は何事もなく裁縫をしていた。私はどう説明したらいいのかわからないまま母の横に座った。

突然、下駄の音をガタガタさせて、近所の小母さんが泣きながら飛び込んできた。

「日本が負けたのよ！　負けてしまった！」

母はそれを聞くと、黙ってぽろぽろと涙をこぼした。そして二人は、これからどうなるのだろうと話し合っていた。

しばらくして小母さんが帰ると、母は穏やかに話してくれた。

「この満州はほんとうは日本じゃないの。内地だけが日本なの。今までは日本人が威張っていたけど、これからは反対に日本人が馬車《マーチョ》ひきをさせられるのよ」

子どもにとって、これほどわかりやすい説明はなかった。当時、日本人の男の中には、馬車に乗っても代金を払わないばかりか、文句を言うなと車夫を殴りつける人までいた。街に出ると、嫌でも子どもの目に入る光景だった。こういうとき、父は黙ってはいなかった。「日本人の面汚し」とばかりに相手かまわず仲裁に入った。ときには自分が払うはめになったようだったが……。

●●●暴動の日々●●●

父は一九三二（昭和七）年ごろ愛知県岡崎市から上海に渡り、やがて北満のチチハルへ行って満鉄（南満州鉄道株式会社）病院の事務員になった。そこでチチハル領事館のタイピストだった母と知り合い、二年後に結婚。翌年私が、三年後に妹康子が生まれた。

酒好きの父は酔うと日ごろの憤懣《ふんまん》を上司にぶつけて部下をかばい、すぐに転勤させられた。大虎山《たこざん》、万里の長城が始まる国境の山海関《さんかいかん》、瓦房店《がぼうてん》、東部内蒙古の林西《りんせい》そして南満の錦州へと異動したが、さすがに林西へは単身赴任だった。そのため私は四回も転校した。

父は錦州鉄道局総務部医務課員だった敗戦一か月前の一九四五（昭和二十）年七月、三十七歳で召集された。老兵である。木製の鉄砲もどきを担がされて行軍し、塹壕掘りばかりさせられたそうだ。幸い出征先が近くの奉天（現瀋陽）だったので、九月十五日、ランニング姿に飯盒《はんごう》一つを提げて無事に帰宅した。しかし途中の列車内では、軍から支給された荷物や上着を剥ぎ取られた。抵抗して暴徒たちに殺された軍人もいたという。地元民にしてみれば、自分たちの土地を武力で奪った加害者としての日本人を真っ先に憎んで当然だったろう。

錦州市は大きな町で、織物工場がいくつもあり、精油所もある満鉄路線の分岐点であった。父が勤めていた満鉄病院は煉瓦造りの立派な建物。一九八六（昭和六十一）年四月に次女と訪ねたときにも病院として機能していたのには驚いた。国共内戦の激戦地だったからである。

敗戦の直前、錦州には日本の誇る関東軍がいた。私たちの住む近くのグラウンドに大勢駐留していたが、規律はもう乱れていたらしい。昼間から彼らは社宅街に遊びに来ては「俺たちが民間人を守ってやるから安心しろ」と豪語していた。

ところがその彼らは、敗戦の詔勅直後から雪崩をうって四散しはじめた。軍律も何もない。まさに烏合の衆。「自分だけ助かればいい」と逃げていく醜い姿を幼い私たちは目撃させられた。軍用車の上で酒瓶をラッパ飲みして、酔って喚《わめ》き散らす下士官の姿も多かった。子どもたちはそれを戸惑いながら眺めていた。私が思い切って「兵隊さん、どこへ行くの」と尋ねたが、答えてくれる人はいなかった。やっと何人目かの兵隊が困った顔をして、「山に籠って戦うんだよ」と答えたが、行列の先の南方に山はない。無秩序に延々とつづく「ヘイタイサン」の行列は、子どもの心に強い不信感と不安感を残して去っていった。

つやつやとした毛並の立派な軍馬も打ち捨てられていた。内地から徴用された軍馬は、満州育ちのずんぐりとした馬に比べて見とれるように美しい。その馬たちが飼い主を失って、グラウンドの周りのとうもろこしを食べたりして彷徨《さまよ》っていた。ふと出合って見上げると、哀しそうな眼をして私をじっと見た。その切ない瞳は忘れられない。

「暴民」たちの襲撃

敗戦後、数日もたたないうちに錦州市内には不穏な空気が満ちてきた。日本人の商店が襲われ、どこそこで誰が殺された、という噂が子どもの耳にも届く。夜になると、町の中心部で真っ赤な火の手が上がるのが見えた。銃声のような音も聞こえてくる。それでもまだ他人事《ひとごと》だった。私たち子どもは、大きな木製のゴミ箱に上って火事見物をしていた。

ところが数日後、満鉄の赤城街《あかぎがい》の社宅も地元満州人の「暴民」たちに襲われた。被害は少なかったらしいが、さっそく自衛のために社宅の周りに高い鉄条網を張り巡らせ、入り口には見張り番が立った。

しかし、集団になった彼らは諦めなかった。大勢の男女が鉄条網を取り囲んで、終日奇声をあげていた。昼も夜も喚声が聞こえた。私は遠くから眺めていたが、それは敗戦前までの「おとなしい満人」の姿ではなかった。「五族協和」「王道楽土」を喧伝《けんでん》した「満州帝国」の実態は、このようなものでしかなかったのだ。私の生まれた国は「他国」だった事実を思い知らされた。この衝撃は十歳の私にとっては受け止めがたいものだった。

ある日、子どもたちに指令がきて、道路の石を集めさせられた。「暴民」たちが石を投げ込んでくるので、こちらからも投げ返すのだという。私は（大人がこんなことをして、ばかみたい）と割り切れない思いで、大きな竹籠に石を拾って入れた。

とうとう鉄条網が切られたというので、一万ボルトの電流が流された。満鉄社員にとっては、お手の物の作業だったろう。バチバチという不気味な音と火花が絶えなかった。人間が近づくのは厳禁だが、それでも男が黒焦げになった、触れてはね飛ばされるのを見た、という話が聞こえてきた。

そのころ母は、七歳の妹康子と私の黒いブルーマーに小さな袋を縫い付けた。中身は致死量の青酸カリ。上着の内側には紙幣も縫い込まれた。夜は真夏だというのにオーバーを着て、靴をはいて眠った。父はまだ復員していなかった。

数日後、どういうわけか全員に退去命令が出た。行く先は不明。祖父は家宝である日本刀を腰に差し、はぐれないように妹の腰に紐を結んで自分につないだ。母は一歳の弟邦彦を背負い、四歳の弟英昭の手を引いた。私は背に重いリュックサック、両手に食料の包みを持って後に続いた。しばらく歩いて社宅の鉄条網を出た所で、急に帰ることになった。まるで事情がわからなかった。祖父は日ごろから温厚な人だったが、この時ばかりは日本刀を差して歩いていたので、周りの人々から一目おかれていた。時代錯誤的な姿ではあったが、家族を守るぞ、という気迫だけは私たちにも伝わってきた。

この日本刀は、岡崎の士族としての先祖伝来の品で、敗戦後、刀剣類提出の命令が出たときには、自宅の裏庭に埋めて隠した。後日、復員した父が掘り出したが、すでに錆が出ていたので、また埋め戻した。今は中国の土中で朽ち果てているかもしれない。

●●●ソ連軍と八路軍の進駐●●●

九月に入ってソ連軍と中国共産党軍（私たちは八路軍《はちろぐん》またはパーロと呼んでいた）が進駐し、治安が回復した。

父は復員したものの、今度は進駐してきたソ連兵の掠奪《りゃくだつ》・暴行に恐れおののく日々となった。私はわけもわからず髪を切られて、男の子の姿にさせられた。遺された父の手記によると、「社宅街の辻つじ昼夜見張りを立てて、ソ連兵が現れると『空襲、空襲』と連呼し、戸締まりや婦女子は天井裏に隠れるようにするだけで全く情けなかった」とある。

ある夜、自動小銃を持ったソ連兵がわが家に侵入してきた。眠っていた私は急に起こされて母と地下の防空壕に身を潜めた。暗闇で母に話しかけて強い力で口を押さえつけられた。後日、近所の赤ちゃんが同じように口を塞がれて窒息死した事実を知った。

父の勤務先の病院は敗戦で自然解雇となったが、手記には次のような記述もある。

「驚いた事には満人職員の中に、それも人事課や運転・配車関係の中に、中共軍の尉官、佐官の肩書を持った軍人が沢山潜入していた。これには敵ながら、あっぱれだと思った。この連中は、終戦と同時に立派な軍服を着用して出勤し、局長、部長、課長をあごでつかうようになった。いつ自分の国が立ち上がるのかわからないのに、日本人の横暴に堪えてきた連中にとっては、どんなに嬉しく得意な事であったろうと思う」

いつも部下をかばっていた父は、身分を明かされると同時に、彼らから感謝もされたという。

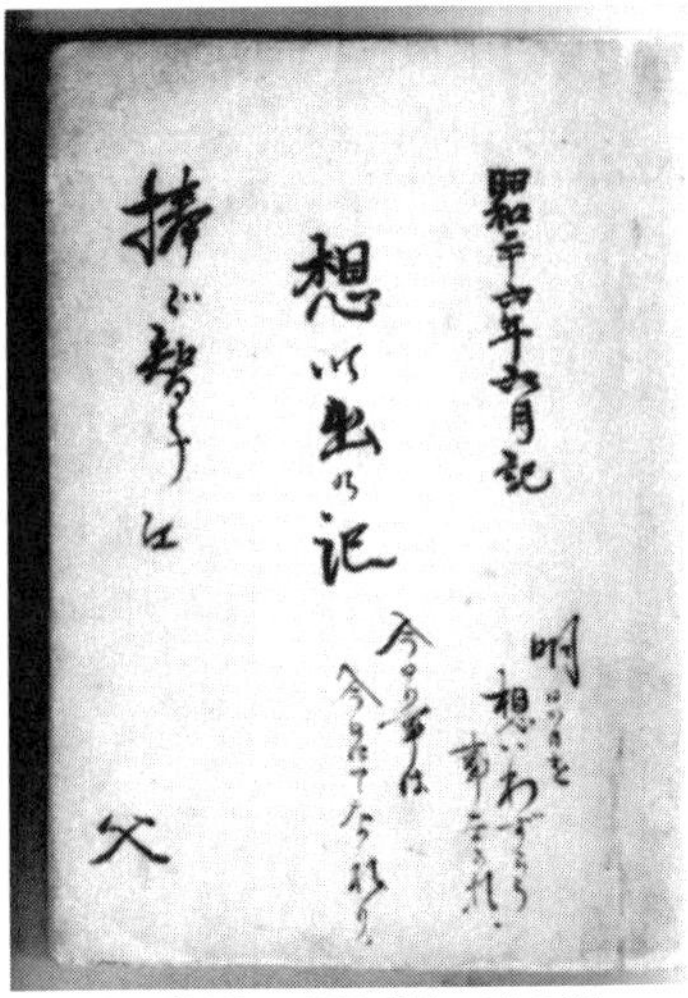

父・林透の手記「想い出の記」

秋には学生によるソロモン広場での「青空教室」が開かれた。敗戦以来、学校のない子どもたちに算数や漢字、ロシア語も教えてくれたが、寒さの到来とともになくなった。

職を失った父たちは、食器や家具、衣類の売り食いや紡績工場での日雇い仕事で生活を支えたが、内地への引き揚げの見通しはなかった。不安な噂と巧妙な詐欺が横行し、子どもたちのタバコ売りなどもあって、敗戦国民ならではの悲劇が絶えなかった。

わが家には分不相応な上等なコロンビアのレコードプレーヤーがあった。クラシック音楽のほかにヨーロッパの民謡やオペラのアリア、浅草オペラの曲まであり、父は毎朝、それらを鹿の皮でぴかぴかに磨き上げながら、よく自慢のテノールで歌っていたものだった。

戦時中には隣組長たちが玄関先に来て、「敵性音楽は処分するように」と言い、父を激怒させた。「なんで同盟国のレコードまで駄目なんだ！」と、彼らの目の前で何十枚も叩き割り、見る間にレコードの破片の山ができた。組長たちは、その父の権幕に恐れをなして帰っていったが、母に止められたおかげで数百枚のレコードが残った。

しかし、ソ連兵は見逃さなかった。ある日、大型トラックが家の前に着くと、プレーヤーもレコードもすべて「徴発」（取り上げること）されてしまった。こっそりカーテンの隙間から外をのぞいて見ると、大勢のソ連兵がさっそくトラックの上でわが家のレコードをかけ始めた。「ボルガの舟歌」「ステンカラージン」、世界的なバス歌手のシャリアピンが歌う「蚤《のみ》の唄」など、ロシアの歌の数々……。それに合わせてすごい合唱が始まった。バスあり、テノールありの見事な大合唱！　音感は天性のものらしく、ハーモニーがすばらしい。これほど美しい歌声の持ち主たちが、どうして残虐なことをするのかと、不思議でならなかった。トラックとともに合唱が遠ざかっても、いつまでも歌声が耳に残った。

●●●引揚時の誘拐危機●●●

このころ、すでに国共内戦は激しさを増していて、十一月のソ連軍撤退と同時に八路軍も錦州を離れていった。すぐ翌日には国民党軍（蒋介石が率いる軍隊）が進駐してきたが、八路軍に協力したとして、逮捕・投獄される人が多かった。父の友人も街を歩いていて理由もなく逮捕され、何週間もたってから青白く痩せて虱《しらみ》だらけで帰された。

秋になると大きなコスモスが咲き乱れる裏庭で、妹と赤いテニスボールで毬《まり》つきをした。それを羨ましそうに見つめる中国人の女の子にボールを渡しそびれたのを私は、のちのちまで悔いていた。

冬になっても先行きのわからない不安な状態だったが、家族がペチカのそばで落花生や焼き芋を食べたりして、心を寄せ合って厳冬を乗り切った。北満から身一つで逃れてきた満蒙開拓団の青年を寄宿させたので、私には兄ができたような気がした。

翌年の五月下旬、急に引揚命令が出た。写真の持ち帰りは禁じられていたが、父が「せめて子どもたちの数枚は」と私の衣服の間に隠した。持ち物も制限され、各人千円とリュックサック一つだけ。家族七人は無蓋車に詰め込まれて葫蘆島《ころとう》まで行き、窓ガラスも畳もない破れた床の空き家に一泊。不穏な空気が押し寄せる不気味な夜だった。

翌朝、またも所持品検査。いろいろと没収された。その間、浜辺で乗船を待っているとき、二歳の弟邦彦が、中国人の女にさらわれた。その女は若くてきれいな中国服を着ていて、母にいろいろ話しかけ、邦彦を抱いてくれたのだが……。足早に去っていく女に気づいた私が大声を上げ、母と夢中で追いかけた。砂浜の走りにくい感触、もどかしい思い、遠ざかる女の影——。やっと追いついた母が邦彦を奪い返すように抱き取った。

弟は危うく残留孤児になるところだった。引き揚げてからも悪夢に何度となく悩まされた。いま思い返しても涙が出る。


引き揚げ後の雑草を食べて飢えをしのぐすさまじい食糧難、小学校で欠食児童だった私たち姉妹、間借り生活の苦難。語り尽くせないほどの苦しい日々だった。

両親の「すばらしい内地」は、私にとっては「異国」でしかなかった。日本が侵略した「国」を「生まれ故郷」と慕う哀しみは、結婚し子どもを産んでから、やっと少し解消した。

コノ　カマハ　モッテ
カエッタ　ホウガ　イイヨ

上野《うえの》　崇之《たかゆき》
●一九四二年二月、朝鮮京畿道に生まれる。七十三歳。
●現在、大阪府枚方市在住。

次に掲げる文章「ひたすら釜山へ」と「引揚船を待ちつつ」は、現在東京在住の長姉が、十年前に九十二歳で逝った母の米寿の祝いの折にまとめた冊子から「引揚体験」の部分を抽出し再整理したものです。母から折々に聞いていたことを聞き書き風にまとめたものであることをまずお断りしておきます。

●●ひたすら釜山へ●●

一九四五（昭和二十）年十月、旧朝鮮水原《スウォン》駅より釜山《プサン》港に引き揚げる途中は夜だった。午前の引揚列車に乗り遅れた母（荷物を列車にのせるのせないでぐずぐずしている間に列車は出てしまった）は、ただ一人で夜六時半発の列車に乗ったが、南下する朝鮮の避難民でいっぱいだった。

「日本人のおかげでわれわれはこんな目に遭った。荷物を持って帰るだなんて何事だ。放り出せ！」といった怒号が母に浴びせられた。このまま無事に着けるだろうか、夫や子どもは無事釜山に着いただろうかと心配でたまらなかった。夫と先に乗っていった次男はまだ八か月の赤ん坊だった。

「すみません、すみません。許してください。あなた方も大変でしょうが、家族が先に行っています。赤ん坊がいます。これでもどうぞ召し上がってください」

一家が食べるはずの巻きずしを、そばにいる朝鮮の人たちに分けて渡した。母の気持ちが通じたのか、彼らの態度が和らぐのがわかった。

午後八時前だったか、やっと落ち着いたと思ったとき、母は二つのリュックを持ち去ろうとしている不審な様子の男を見つけてそっと手元に引き寄せ、事なきを得た。睡魔が襲ってくるが、いま眠ったら荷物ばかりか命までなくなってしまうと、立ったまま必死で荷物を抱えていた。

釜山に着かなければ不安から逃げることはできない。立ったままの乗客でぎっしりのデッキで、手にふれる突起をしっかり握りしめ、眠気を追い払い、眠気とたたかっていた。

ふと目の前に立っている、善良そうな学生風の朝鮮の青年に話しかけた。彼は京城《ソウル》の善隣商業を卒業して満州の佳斯木《チャムス》にいたが、終戦で南下しているとのこと。そしてこう言った。

「途中、日本の婦人と子どもたちがソ連軍の兵士たちに数珠《じゅず》つなぎにされ、山中に連れ去られていくのを見たとき、日本人に対する憎しみよりも、ソ連人の残酷さに人間として憤慨した」

そしてまたこう言った。

「奥さん、戦争って一部の人間の考えからこうしてわれわれが悲惨な目に遭わなければならないと思うと、これから先、絶対に戦争なんてするものではないと思いますね」

母は運がよかったと思った。もしこの青年が悪人だったら、母を突き飛ばして荷物を盗み取ったかもしれない。日本は負けたのだから、日本人はこの走っている列車の中で何をされても仕方がないのだ……。母はただ祈った。どうぞあと数時間、何事もないことを。そして無事釜山に着きますように。神さまにひたすら祈り続けた。

天安に着いた。東の空がようやく白み始めたころである。周りを見ると、デッキや通路には人がいなかった。車内に入ろうかと思ったが、安心感と疲労と睡眠不足とでつい、うつらうつらした。はっと目を覚まして懐に入れていた財布を確かめると、ない。掏《す》られたのだった。口惜しかったが、命がなくなっていなかったことがどれほど嬉しかったことか。

車内を見ると、水原駅で一緒に乗り、別の車両にいた小学校の教頭先生がいて、母を手招いていた。母はリュックサックを引きずって入っていって昨夜のことを話し、命のあったことを喜んだ。

午前四時半ごろ、釜山駅に着いた。ホームはそれこそごった返していて、夫や子どもたち一行を見つけることができなかった。しかし、ここまで来ればいずれ見つかるだろうと大きな気持ちになっていたので、それほど心配はしなかった。案の定、二、三分もしないうちに夫の姿が目に入った。夫の顔を見るまでは、一緒に残っていてくれても、と怨み節のひとつも言いたかったが、顔を見た途端、涙が溢れてきた。赤ん坊も無事で、知らぬ母親に乳を飲ませてもらったという。

●●●引揚船を待ちつつ●●●

その日から一週間、私たちは釜山第七小学校（日本人学校）に収容された。

十月六日の朝が来た。釜山駅改札口から四人一列の長い引揚者の列が続く。大人も子どももみんなリュックサックをかつぎ、赤ん坊を背負い、釜山港桟橋まで長蛇の列をなした。米兵が銃を持って、のんびりとその列を見ていた。憎い奴どもと思う気持ちより、どうか無事に乗船させてほしいという気持ちが先に立った。

米兵が持ち物の検査を始めた。リュックサックの中からトランクの中までの細かい検閲である。何人かが危険物（日本刀などの刃物）を没収された。母たちは何も没収されなかった。父が背負い慣れない重いリュックサックを検閲のために降ろそうとして転んだが、米兵がすぐに抱き起こしてくれた。その優しさは意外だった。

何分か歩いた。数えで七歳の次姉は、かなり重いはずの八か月の弟をおんぶしていた。十一歳の長姉も三歳の私もそれぞれの衣類や食料をリュックサックに入れてかついでいた。列の流れが止まったときだった。向こうでこちらを見ていた米兵の一人がつかつかと次姉のところに近づいてきた。何が起きるのかと、母たちは一様におびえた。列の前後の人たちも不安な眼差《まなざ》しで見ていた。

そしてまた、意外なことが起きた。次姉のところにやってきた米兵は、ポケットに手を突っ込むと、ひとにぎりのお菓子を取り出した。それはその当時、誰も食べたことのないビスケットだった。次姉はにっこり笑って両の手のひらで受けた。米兵は次姉の頭をなでると、

引揚列車を待つ子ら

また持ち場に戻っていった。

いまその当時のことを思い返してみると、何百何千という引揚者の群れの中で赤ん坊を背負っている子どもは稀で、次姉を見て米兵は故郷の妻子や小さな弟妹を思い出して哀れに思ったのかもしれない。

彼らもまた、戦争のために親兄弟や妻子と別れて命がけでここまで来ているのだ。アメリカは勝ったが、彼らも何万、何十万という犠牲を出した。悲惨な運命に泣いている家族も多いはず……。

なぜ人と人が殺し合わなければならないのだろう。戦争を指導した幾人かは戦後も平然として私たち犠牲者の上に胡座《あぐら》をかき、ぜいたくな暮らしをしている。そんなことがあっていいものだろうか。

今も世界のどこかで戦争は続けられている。早く戦争をなくし、お互いが理解し合う美しい人間愛の世の中を取り戻していきたいものだと思う。

八月十五日の敗戦記念日には、私たち日本人はつらく苦しかった体験を思い起こし、新しく生まれ変わった今の日本を見つめ、二度と戦争を起こさないよう誓い合いたい。

この記録を子どもたちのために遺す。（ここまでは長姉がまとめた母の話の聞き書き）

●●●オモニのことば●●●

父は当時、植民地朝鮮の京畿道水原郡郊外の峰潭面《ほうたんめん》小学校の二代目校長を務めていた。そして、本人の意思とは関係なく、皇民化教育の先兵の一人として軍国主義日本の野蛮な侵略戦争の片棒をかついでいた。

日本に引き揚げてわずか半年後、父は負の遺産に傷つきながらも民主主義教育の実践へと足を踏み出したばかりの四十一歳に大病にかかり、志半ばで帰らぬ人となった。

母子家庭に育った私にとって母は、ただただ怖くて厳しい印象ばかりが心に焼きついているが、受け持ちの子どもたちにはじつに優しく頼もしい女先生であったと聞く。

引き揚げた大分県の田舎の街にはかつて陸軍造兵廠があって、戦時の強制労働で奴隷のごとく酷使された在日朝鮮人の人々の集落が残っていた。一九五三（昭和二十八）年ごろは母の受け持ちのクラスにも何人かの朝鮮人子弟が在籍していた。

家庭訪問の折、ある家庭を訪れた母は、チマチョゴリを着たおばあさんに出会った。日本語がほとんど話せないので、十年ほどの朝鮮での暮らしで覚えた片言の朝鮮語で話しかけると歓待されたという。

「イーゴソンサン（この先生は）、チョーソンマリ（朝鮮語）、アライッソヨー（よく知ってるよ）」

担任が訪れるというので、精いっぱいの気遣いをしたのだろう。日本式にと考えたのか、会席膳の上にお茶とお菓子が並べられていて、母は驚いたという。

話を敗戦時に戻す。引き揚げのための荷造りが始まったときのこと。日本に持ち帰ることのできる荷物は手荷物に限られ、重量制限があった。当座の着替えや貴重品、食料などを父と母はそれぞれ大きなリュックサックやトランク、鞄などに詰め込んだ。荷造りの手伝いに来ていたオモニたちは、

「オクサン、ニッポンハ　イマ　カナモノハ　ミナ　グンタイニ　トラレテ　ナイソウデスヨ。コノ　カマハ　モッテ　カエッタ　ホウガ　イイヨ」

と言い、母がお礼に使ってくださいと渡す釜を受け取らなかったという。父のリュックサックの中に詰められた古びたそれは、今でも大切にしまわれている。

父と母は日ごろから地域の朝鮮の人々とは仲よく付き合ってきたし、父は一教育者として誠実に接してきた。そのせいであったろう、父の留守中の不測の事態に備えて、父と親しくしていた朝鮮の有志の方々が自警団を作り、父が帰る日まで昼夜をわかたず私たちを守ってくれたという。

ただ、今も姉たちの目に焼きついて離れないことがある。八月十五日の朝、起き出した母が見た、教員住宅の裏庭の野菜畑にずたずたに破かれ、千切られた国語の教科書が散乱する光景……。

日々の暮らしの中で一個の人間として、善良な市民として誠実に彼らと向き合ったとしても、ファシズムと国家権力の前に跪《ひざまず》き、侵略戦争に対してたとえそれが小さくとも異議申し立ての声を上げず、抗《あらが》うことなく流された圧倒的な数の日本人は、つまるところ同じ加害者なのだ。私たち家族も例外ではない。

長じて中学の教壇に立った私は、四十年近い在日の子どもたちの暮らしと想いに正面から向き合い、寄り添ってきたつもりであるが、父たちの「贖罪《しょくざい》」は私たちの世代が引き受けるしかないと、戦後七十年の節目にあたってあらためてそう思う今日このごろである。

飢えと病に苦しんで

鮫島《さめじま》　幸治《ゆきはる》

●一九三一年二月、鹿児島県川辺郡に生まれる。八十三歳。

●現在、滋賀県大津市在住。

次に掲げる文章は、現在八十三歳（当時十五歳）の長兄鮫島幸治の話を妹長谷川美智子が聞き書きとしてまとめたものである。

●●●台湾での敗戦と弟の死●●●

一九四一（昭和十六）年春、台北に開校した中学の教師として父が台湾に赴任することになった。わたしたち一家が移住したその年の十二月、戦争が始まった。その頃の台湾は食べ物も物資も豊富で、空襲もなく、戦争の恐ろしさはまだ感じていなかった。

一九四四（昭和十九）年から米軍の爆撃が激化し、台北市郊外の新荘《しんそう》に疎開することになった。学校の帰り、爆弾が近くに落ちて爆風で衣服が吹き飛ばされ、パンツ一枚で帰宅したこともある。

一九四五年八月十五日。戦争は日本の無条件降伏で終わった。そのとき、わたしは台北第一中学校三年、十五歳だった。

どこからか食べ物がどっと出てきた。おいしい匂いが路地に満ち、夜店は爆弾から逃げ回る必要のなくなった人々の笑顔であふれ、深夜でも屋台の灯りが赤々と輝いていた。平和ってこんなにすばらしいものか。聖戦を信じて軍歌を歌っていたあの日々は何だったのか。将校が教室で「日本は必ず勝つ。神風が吹く」とわたしたちを鼓舞し、ラジオは連日、「こちらはＪＯＡＫ。南洋諸島にてわが軍勝てり」と叫んでいたのに……。

軍もラジオも大嘘を言っていたのだ。十五歳の頭は混乱し、虚しさだけが残った。それでも、空襲の恐怖から解放された喜びで、これから何が起こるか考えもしなかった。

終戦のその日、二番目の弟が赤痢で死んだ。五歳だった。いまなら注射一本で助かっていただろう。

《姉美保子（当時七歳）の話》①

疎開先の新荘で弟の手を引いて外で遊んでいたら、兵隊さんのような服の男の人が近づいてきました。暑い日でした。

「配給でもらった氷だ。あげよう」

男はアルミの弁当箱から氷を出して、わたしと弟に握らせました。わたしは「他人《ひと》からもらったものを食べてはいけない」と両親にいつも厳しく言われていましたから、氷を握ったまま食べませんでした。手の中で氷はじわじわと融けていきました。

五歳の弟は氷を口に入れました。「食べていけない」とわたしは言えませんでした。子ども心に、その男の人に悪いと思ったからです。

その晩、弟は高熱を発しました。学徒動員の付き添いで徴用されていた父が、たまたま一日休暇で家にいました。父と母は弟を近くの病院に連れていきましたが、薬がないからどうしようもない、と言われて帰ってきました。

わたしのせいだ。弟が氷を食べるのを止めなかったからだ。わたしはワンワン泣きました。そしたら父と母が「出ていけ」と怒鳴りました。

弟が死んだのはわたしのせいだ。七十年近く経った今でもそう思っています。握り締めた手の中で融けていった氷の感触——忘れることができません。

新荘で一箇所だけ稼働していた焼き場で火葬し、位牌《いはい》を作った。お骨はどうしたか覚えていない。父はリュックサックに位牌を入れていた。位牌の持ち出しは咎《とが》められなかった。

●●●引揚船の中で●●●

終戦から一年後。残留を特別に認められた技術者以外、日本人は全員即刻引き揚げよとの命令が下された。一人千円と本数冊、下着だけ持っていくことが許された。

一九四六（昭和二十一）二月二十八日、隣組の組長に回覧板が届いた。指名された家族は本日正午、台北駅に集まれとの命令だ。後で知ったことだが、当時台湾には五十万人近い日本人がいた。たぶん、わたしたちが引揚第一陣だったと思う。

街路の蘇鉄は青々としているのに、風は冷たい。セーターの上にコートを着て、リュックサックを背負って駅を目指す。わたしたち一家は、四十六歳の父、三十七歳の母、十歳の弟、七歳の妹、去年台北市で生まれた一歳の美智子、そして長男のわたしだった。

行動はすべて隣組単位で、組長が指揮する。しかし、組長も事の実態はまったくわかってはいなかった。いったい誰が引揚計画の最高責任者だったのだろう。

キールン港に向かう列車の中は静まり返っていた。家を出るとき、台湾人の知人にもらったキャラメルを弟妹と分けて食べた。それが台湾最後のおいしい食べ物になった。

港にはすでに何千人もの日本人が集められていた。駅に行く途中でも港でも、現地の人に暴行されることはなかった。今でも台湾の人々には感謝の気持ちでいっぱいだ。

国府軍（国民党軍）の兵士は鍋をぶら下げ、天秤棒をかつぎ、手作りのような草鞋《わらじ》をはいていた。戦勝国の軍とは思えなかった。あの人たちはほんとに勝ったのかな、と思った。

港の倉庫で待機していた一週間のあいだに、チフスと赤痢が蔓延《まんえん》し、老人と乳幼児がばたばたと死んでいった。遺体は袋詰めにされてどこかへ運ばれていった。何人死んだかもわからない。

そんな光景にも何も感じなかった。生きて船に乗るのだ——その思いしかなかった。

船はアメリカの貨物船で、名は「プレジデント　ウイルソン」号。アメリカ大統領の名だ。後で知ったことだが、世界初の全溶接工法による大型船で、リバティ型と呼ばれ、大量生産で粗製濫造《らんぞう》、機雷に弱く沈没事故が多かったという。

巨大な船で、甲板にも船底にも鉄板が敷かれていた。船員に背中を押され、船底の倉庫に次々と落とされる。わたしたちは人間ではなく貨物だった。母に背負われていた美智子が圧死、あるいは窒息死しなかったことが今でも信じられない。この段階で生命力の弱い者が死んでいった。

この船に何千人乗船したのか。名簿などないから今もわからない。とにかく、アメリカの提供してくれた膨大な数の船のおかげで五十万人もの引き揚げが実現したのだ。

便所は甲板にせり出した板を木の板で囲ったもので、床板の隙間から青い海が見えた。足のはるか下はサメの群がる海だ。弟も妹もどれほど怖かったことだろう。

食事は一日二回、雑炊がアルミのカップで配られた。水は柄杓《ひしゃく》でそれぞれドラム缶から自分の水筒に汲む。赤ん坊には米のとぎ汁が一日一回与えられた。美智子は泣き声もあげず、母の背中にしなびた大根のようにぶら下がっていた。

小学一年の妹は、夜うなされて泣きながら暴れ、隣に寝ていた男に「うるさい」と何度も叩かれた。両親はわが子が叩かれても黙っていた。叩かれてばかりいる妹がかわいそうだったが、どうしてやることもできなかった。

出港してすぐ、船の中で赤痢とチフスが発生した。老人と子どもが次々に死んだ。アメリカ軍の命令で船には医者が乗っていたが、薬がない。死ぬにまかせるしかなかった。

医者は死亡を確認すると、髪の毛を切って家族に渡す。船員が死体を布袋に入れて甲板に運び上げる。甲板には滑り台のような板が取り付けられていて、その上に袋が置かれる。袋は板の上を滑り、ドボーンと大きな音を立てて海中に沈んでいった。

それは死人が大勢出ることを前提に船縁《ふなべり》に設置されていた「死への滑り台」だった。サメが群がってきて、袋を食い破り、人肉を食べる。ドボーン、ドボーン。水葬の音は毎日、ひっきりなしに聞こえた。その音にもすぐに慣れた。

三日目、弟が高熱を出した。顔は土色、目は焦点が合っていない。ゆすっても反応しない。

「赤痢だ」

「もう死んでる」

「うつるから、早く水葬しなさい」

周囲に責め立てられ、父は弟を抱き、甲板に上がった。わたしもついていった。弟とはこれでお別れだ。弟を二人とも亡くすのか。絶望と寂しさで目の前が真っ暗になった。

最後の汚物の世話をしようと弟を抱いたまま便所に入った父が立ち上がったとき、外を通りかかった白い船員服の男と板の隙間越しに目が合った。男は鹿児島弁で叫んだ。

「先生、鮫島先生ではごわんか」

宮崎の中学で教えた台湾人の明珍《みょうちん》さんだった。

当時は台湾人学生が内地の学校に留学し、日本軍の軍人や船員になる人も多かった。引揚船は日本の元海軍兵が操縦していたが、明珍さんは海軍兵としてこの船に徴用されていたのだった（後で父から聞いた話なので、もしかして間違っているかもしれない）。

明珍さんは弟を甲板の士官室に連れてゆき、医者を呼んだ。医者は「ペニシリン」というアメリカの特効薬を射ってくれた。高級船員しか使えない貴重な薬だという。弟の頬にすぐ赤みがさした。生き返った！　アメリカの薬はすごい！

そのときわたしは、日本がどんな国と戦争していたのか知った。台北松山空港に竹製のダミー飛行機を設置して敵機をおびき寄せようとしていた日本軍とは次元が違っていたのだ。

弟は士官室で手厚い看護を受け、明珍さんに黒砂糖をもらった妹は夜うなされなくなり、隣の男に叩かれずにすんだ。美智子は脱脂粉乳をもらい、命をつないだ。

門司とキールン港を結ぶ日台航路は通常片道二日だが、船は機雷を避けながらゆっくり進む。幾日かかるかわからない。機雷に触れて海の藻屑とならないことを祈った。

キールン港を出て一週間目の朝、甲板から叫び声が聞こえた。

「海が見えるぞ！」

「広島だ！」

「大竹港だあっ！」

妹の手を引いて甲板に駈け上がると、みんな泣いていた。妹もわたしも声を上げて泣いた。

港に入って二日目、順次下船が許された。陸には桜の花があちこちに咲いていた。

わたしたちは頭からメリケン粉のような白い粉をかけられた。虱《しらみ》と蚤《のみ》を殺すＤＤＴだ。薬の刺激で倒れる人もいた。赤ん坊の美智子も粉をかけられた。ＤＤＴまみれになりながらよく生きていたものだ。

弟と付き添いの父は大竹港のすぐそばの海軍病院に入れられた。私たちは引揚証明書をもらい、下関方面の列車に乗り込んだ。証明書があれば汽車はすべて無料だった。列車は満員だった。母が美智子を、わたしが妹を膝に抱き、ようやく途中から座れた。美智子はぐったりしていて、生きているのか死んでいるのかわからなかった。

列車の中で、広島市にピカドンという新型爆弾が落とされて街がなくなったことを知った。駅近辺はどこも焼け焦げて茶色だったが、遠い山々は青い。ところどころ桜が白く霞んで見えた。鈍行を乗り継ぐたびに駅の水道で水筒に水を入れた。腹が空いて目が回りそうだった。ポケットをさぐると、台湾のキャラメル一粒と明珍さんにもらった黒砂糖のかけらが残っていた。みんなで少しずつ舐《な》めて回した。おいしくて息が止まりそうだった。

大竹港から二昼夜、鹿児島の伊集院駅に着いた。わたしたちは汽車が吐き出す石炭の煙の煤《すす》で全身真っ黒だった。それから薩南線に乗り継いだ。森林を走るローカル線だ。汽車の中で「鹿児島市が爆撃で焼け野原になった」「配給米が足りず飢え死にした人がいる」と話す声を聞いた。

台湾人の子守りの人に「赤ちゃんの美智子さんをください。わたしが育てます。日本に帰ったら飢え死にします」と言われたが、父が「やはり連れて帰ります」と言ったことを思い出した。

一時間ほどで汽車は加世田駅に着いた。山道をどれくらい歩いたか。里は桜の季節だというのに雪が降ってきた。台湾では雪は降らない。ここは内地だと実感した。雪の中、祖母の家に着く。祖母は村の地主で、米も家もあった。わたしたちは一年近く食べたことのなかった真っ白なご飯を食べた。

《姉美保子の話》②

あのご飯。今でも覚えています。湯気の中に銀色に輝くご飯の美しさ、おいしさ。わたしは泣きながら食べました。今は豊かになり、どんなご馳走も食べられるようになりましたが、あれほど美しくて、おいしいものに出合ったことはありません。

それから一週間後、父と弟が帰ってきた。父はすぐに教職に就けた。わたしたちは恵まれていたが、頼って行った親戚に「住まわせる家はない。食べ物もない」と追い払われ、竹薮や鶏小屋に住んでいた人もいた。鶏小屋でも住まわせてもらえればよいほうだった。

「卵一個でもなくなると、引揚乞食が盗んだ、と石を投げられました。ほんとうに石を投げるのです、集団で。一生忘れることはできません」

そんな言葉も耳にした。「引揚乞食」――内地の人はそう呼んだ。数百万にものぼる外地からの引揚者たちは、食料不足の内地の人にとっては厄介な一文無し集団でしかなかっただろう。米一粒でも盗られるものかと思ったのだろう。

父も母も引き揚げのことは語らないまま他界した。台湾で死んだ弟の位牌はわたしが守っている。今日まで誰にも言わなかったのは、言っても仕方がないと思っていたからだ。

文責・長谷川美智子
埼玉県さいたま市在住／七十歳

V 戦時下の少年少女たち

はだかで体操　どの子もやせてあばら骨が浮き出ている

少女の日々

長田《ながた》　裕子《ひろこ》

●一九三五年三月、千葉県八街市に生まれる。八十歳。

●現在、千葉県四街道市在住。

身体より大きなリヤカー引き回し軍馬の葉草炎天に刈る

滑走路の雪かきつらしと言えぬまま凍りし手足ただ動かしぬ

その身細く軍歌教えし女教師も結核で死す終戦待たずに

銃後守れと援農課せられ少国民「若い血潮」と声張りて行く

防空壕の傍に蓖麻《ひま》の種播《ま》きて向日葵《ひまわり》もなき戦争の夏

戦争中は陸軍の飛行場があった千葉県の片田舎、落花生とお茶の産地の八街《やちまた》(現八街市)に生まれ育った私は、戦争といっても生死にかかわるような悲惨な体験をしたわけではありません。体験したことといえば、戦争中の国民学校の生徒なら誰もが体験したであろう、ごくあたりまえの体験だったと思うのです。

しかし、戦後七十年たった今でも、国民学校時代の戦争体験が鮮明によみがえると同時に、このごくありふれた体験が意外と語り伝えられていない事実を知ったとき、ごく平凡な庶民の立場から自分の体験をまとめ、子どもたちに、若者に、身近な人たちに読んでいただきたいと思い、筆をとりました。

子どもの仕事

竹の皮、桑の皮、葉草、どんぐり、茶の実、松やに、すすきの穂、よもぎ、馬の毛。いったいこれは何だかわかりますか。今の小学生だったらきっと、「よくわからない。でも、馬の毛だけは仲間はずれかな」と言うことでしょう。

私の小学校時代(当時は国民学校)、特に戦争も末期、敗戦間近な日本では、小さな小学生ま

でも動員してこれらを強制的に集めさせ、戦争に加担させたのです。
　竹の皮や桑の皮からは繊維を、葉草はカンソウ草（私たちはこう言っていた）にして軍馬の飼料に、どんぐりと茶の実、よもぎからは粉を取り食糧に、すすきの枯れ穂と馬の毛（これは近くの馬車屋さんに行って、馬にブラシをかけた後、ブラシについた少しばかりの毛をもらって集める）は、兵隊さんの防寒用のチョッキに入れるということでした。
　今考えれば、私たちの拾い集めたこれらが、あの原子爆弾を落とす時代の戦争にどれだけ役に立ったというのでしょうか。でも私たちは、何も知らないまま戦争に勝つためにと一生懸命集めたのです。
　初夏の竹やぶはじめじめとかびくさく、なめくじやみみずに出合い、とてもいやなものでした。

それでも若竹の下にくるくると丸まった竹の皮を見つけると、いやな気持ちもふっとんで、まるで宝物でも見つけたように夢中で拾い、しょいかごにほうり込み、収穫が納得できる量になるまでいくつもの竹やぶをさがし歩き、竹やぶの中を這いまわるのでした。

竹の皮は乾燥させ、適当な束にして学校へ持っていくのです。学校では目方をはかり、グラフに書きこみました。私たちはグラフの棒がのびるのが嬉しくてつらいことも忘れ、夢中で集めました。

「この竹の皮、綱になるんだってよ」と、子ども同士で話し合ったものですが、どのように使われるのか、その用途を先生からはっきり聞かされた記憶はなく、具体的にはどんなところに使われたのかわかりませんでした。

炎天下の草刈りはとてもつらい仕事でした。軍馬の飼料になる乾草はどんな草でもよいというわけにはいきません。やわらかい葉草がよいのです。

近くの原っぱや堤の草は刈りつくしてしまい、私たちはもっぱら家から四キロ近くも離れた飛行場まで出かけました。国民学校五年生の細くて小さい私は、体より大きいリヤカーをひきまわし、近所の子二、三人と協同で草を刈り集めました。

葉草は葉がやわらかく、草丈もあまり高くなりませんので、さくっさくっというわけにはいきません。刈り倒してその草をかき集めリヤカーに入れると、朝露と土とでもんぺの裾はぐっしょり、手は豆だらけです。

刈った草をリヤカーに積んで帰るわけですが、リヤカーの梶さえよくとれず、あちこちふらつきながらの長い道程はとてもつらいものでした。真夏のじりじりした太陽に照りつけられ、いつ空襲になるかとおびえながら、子どもだけで作業したのです。それにしても、命の危険について考えなかったのがとても不思議です。大人は誰もついてきてはくれませんでしたし、私たちはまたそれが当然だと思いこまされ、文句を言うこともありませんでした。

樫の実拾いもやりました。家に樫の木のない私は、朝起きるとすぐに近所や少し離れた校庭をひとまわりし、たとえ幾粒でも拾うのです。一升（一・八リットル）になると学校へ持ってゆき、これもまたグラフで競争です。

父親が大工のH子さんはいつも一番で、みんなをうらやましがらせました。仕事先からお父さんが拾ってくるからです。私たち街の子は学校が終わるとすぐに布袋を持って近くを拾い歩き、土曜、日曜は遠くの方まで出かけました。

見知らぬ農家の庭先に樫の木を見つけて、「樫の実拾わしてください」と頼み、「学校に行っている子がいるから駄目」とことわられたこともありますし、時には掃き寄せられ、泥まみれの樫の実の山を見つけ、嬉しかったこともありました。

あちこち歩きまわり、夕暮れの道を疲れて帰る時、突然空襲にあったこともありました。

あまりの心細さに、「かあちゃん、かあちゃん」と、友だちと泣いた日のことが忘れられません。

茶の実拾いも、桑の枝の皮むきも同じことです。戦時中の子どもは、遊んでいる時間はなかったのです。

そして冬、こんな体験をしました。飛行場の滑走路の雪かきです。高学年の生徒がこの作業にかり出され、朝、まだ凍っている雪道をすべらないように気をつけながら、一本の長い隊列になり、目的地に向かうのでした。みんな下駄で、学校から四キロ近く歩いていくうちに、冷たさや寒さを通りこして、指先は痛くなるのです。

私たちは白い息をはあはあさせながら、頰や耳を赤紫にして目的の地に着きました。広い広い雪の滑走路。そこをどのように分担して雪かき作業をしたのかよく覚えておりませんが、兵隊さんと一緒に家から持って行ったシャベルやほうきで一生懸命雪をかきました。手も足も感覚を失っていました。

十歳か十一歳の子どもにとって、それがどんな重労働だったことでしょう。作業が終わっての帰り道、ぬれた鼻緒がぷっつりと切れ、私は足袋《たび》はだしになりました。歩きながら声も出ない。ただ早く家に着きたい！　それでも誰一人、「雪かきはつらい！」と声に出して言う子はいませんでした。

考えてみますと、私たちは戦争協力の仕事とともに四季を過ごしてきました。私たちの少女時代にもやさしい桜の花や若葉のみどり、真夏の向日葵があったはずなのに、悲しいことにその記憶がないのです。向日葵のかわりに油をとる蓖麻を、空き地には花より食糧になるものをということで、かぼちゃや芋を植えたからかもしれません。

長い時を経た今でも、初夏になると竹の皮拾いを思い、炎天には草刈りを、秋の夕暮れには「お茶の玉を拾ったなあ」と思うのです。月月火水木金金の少女時代。戦争に勝つために！と、子ども心にも意志をもって励んだ作業の数々。純粋だっただけに、「私の少女時代を返してほしい！」と幾度叫んできたことでしょう。

勝つためと幼ごころに山ゆきて吾子も赤麻《あかそ》をとりぬ日ごとに
戦争は幼きにさえ勤労の日々を強いけりのろわざらめや

（江口煥著『わけしいのちの歌』より）

●●●軍歌●●●

私たち少国民は、ずいぶんたくさんの軍歌をうたいました。国民学校三年生まではそれでもいくつかの唱歌や童謡を教えてもらいましたが、一九四三–四四（昭和十八–十九）年の敗戦の色濃い状態の中では、学校での音楽は軍歌一色となってしまいました。

朝礼で、教室で、勤労奉仕に行く道々で、意味もよくわからぬまま歌った軍歌の数々は数え切れぬほどでした。

「見よ東海の空あけて」「エンジンの音轟々と」「勝ってくるぞと勇ましく」「刀も凍る北海の」「花も蕾の若桜」「貴様とおれとは同期の桜」「天に代りて不義をうつ」「若い血潮の予科練の」「なんにも言えず靖国の」等々、曲名は覚えていませんが、あの当時歌った軍歌をうたい始めると、今でも歌詞がすらすら出てくるのです。いかに数多くの軍歌をくり返しくり返しうたったかがわかります。

音楽の時間があったのか、軍歌のほかにどんな歌をうたったのか覚えがありません。ラジオから流れてくる歌も軍歌、学校で教えられるのも軍歌。それでも、子どもである私たちは、歌が好きでうたいたかったのです。

軍歌と切り離せない先生が二人います。一人は若い男のM先生。いつもアコーディオンを弾いてくれました。歌も上手、アコーディオンも上手なM先生は、私たちの憧れの的でした。

ある日、M先生は胸に日の丸のたすきをかけ、集合台の上に立たれました。出征されるのです。私たちは悲しくて悲しくてたまらず、異様な興奮で「ばんざい」を叫んだように思います。そして、M先生は再び私たちのもとへ還ってきてはくれませんでした。

S先生という若くて美しい女の先生からもたくさんの軍歌を教わりました。体も細い、声も細いS先生。富士額《びたい》でハート形の面だちをしているS先生を、私たちはひそかにハートせんべいと呼んでいました。

先生は教壇に立ち、胸をしめつけるような声で私たちに軍歌を教えました。何曲もの軍歌をくり返しくり返しうたわせるので、どうしてこう、いやになるほどうたわせるのだろうと不思議に思ったこともありました。先生はこの時、胸を悪くされていたのでした。きっと、何か命をかけるものがほしかったのかもしれません。先生は終戦を待たずに結核で亡くなられました。

出征兵士の家に農作業の勤労奉仕に行く時は、必ず軍歌をうたいながら行きました。

花も蕾の若桜　五尺の命ひっさげて
国の大事に殉ずるは　我等学徒の面目ぞ
あゝ　紅の血は燃ゆる

国民学校五年生の子どもたちがこの軍歌をうたいながら畑道を行進して行く姿を今思い出してみる時、いかに狂気じみたことであったか、現代の子どもたちにはなかなか想像もつかないことではないでしょうか。

それでも私たち少国民は、そのことを不思議に思ったことはありませんでした。頑張ってうたい、勤労作業をしたのです。

私は、二人の息子がちょうど私が戦争体験をした時期と同じ年齢にさしかかった時、「戦争体験」を綴り、読み聞かせたことがあります。

そして今、軍靴の不穏な足音が迫るなかで、再び「戦争は否、二度と許してはならない」という強い思いを、名もない草の根の声として若い人たちにぜひ届けたいのです。たとえ小さな声であっても。

声出していかねばならぬと今宵また戦争体験こつこつ綴る

戦時下を生き延びて

入交《いりまじり》　壽賀子《すがこ》
●一九二四年六月、神奈川県横浜市に生まれる。九十一歳。
●現在、神奈川県茅ケ崎市在住。

●●●敗戦の日●●●

一九四五（昭和二十）年八月十五日、私は会社の命で銀行の預金を下ろしに回っていた。ある銀行で待っている時、聞き慣れない金属的な声がラジオから流れた。お昼に重大放送があると聞かされていたので、急いで会社に戻った。

社員はラジオの前に集まっていた。そこで敗戦を知ることとなった。

誰となく宮城（皇居）の見える部屋に行くと、きのうまでは覗くと不敬罪だと閉められていた窓を開け、宮城前広場を見た。広場にはたくさんの人が集まっていて、体を震わせて号泣する姿や、割腹したらしい軍人の横たわった姿が見えた。

私は毎日、遺書とわずかな食料をリュックサックに入れ、死地に赴く思いで出勤していたが、日本が負けたことを知って、これからどうなるのかと不安な気持ちいっぱいで帰路についた。

電車の座席に座ると、突然大声が耳を打った。異様に興奮した陸軍兵が、「戦争は終わっていない。海軍に騙されるな」と叫びながら次の車両に走っていった。ほかにも何か叫んでいたようだったが、私は今日の食料の心配で頭に入らなかった。下車駅でもまた陸軍兵が大声で叫んでいた。

その夜は久しぶりに電気をつけて雑炊をすすった。父母は暗い顔で黙ったまま雑炊をすすっていた。その夜は空襲の恐れから解放され、安心して着替え、手足を伸ばしてぐっすりと眠った。

夜が明けた。所狭しと庭に植えたコウリャンの穂を風が鳴らしていた。静かで平和だ。一週間ほど前の朝方、米軍機が宣伝ビラを撒いていった。それには「國家を救へ」と題してこんなことが書いてあった。

「日本は國難に直面して居る。諸君は今、自分の名譽や希望を考へて居る時では無い。斯様

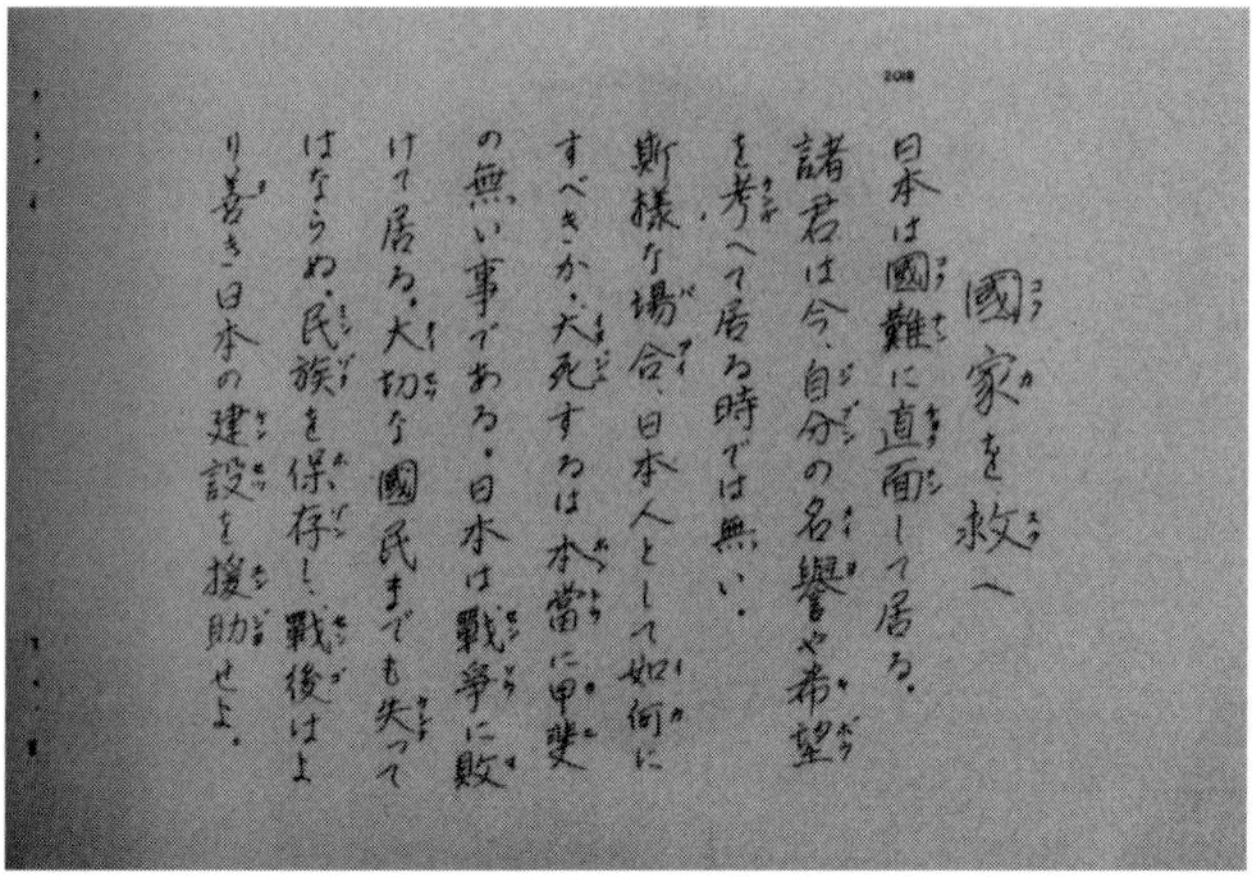

國家《コッカ》を救《スク》へ

日本は國難に直面して居る。諸君は今、自分の名譽や希望を考へて居る時では無い。斯様な場合、日本人として如何にすべきか。犬死するは本當に甲斐の無い事である。日本は戰爭に敗けて居る。大切な國民までも失ってはならぬ。民族を保存し、戰後はより善き日本の建設を援助せよ。

「國家を救へ」と題した米軍の謀略宣伝ビラ（伝単）

な場合、日本人として如何にすべきか。（中略）日本は戰爭に敗けて居る。大切な國民までも失ってはならぬ。民族を保存して戰後はより善き日本の建設を援助せよ」

　こんなビラがしばらく前から頻繁にばら撒かれるようになっていたが、人心を惑わすものだと、拾うとすぐに私は交番に届けていた。この紙爆弾なら当たっても死ぬことはないが、それより恐ろしい焼夷弾や何屯爆弾とかいう本当の爆弾が降ってくることはもうないのだ。つくづく生きている喜びをかみしめたものだった。

●●●兄の死●●●

　一九三八（昭和十三）年、国家総動員法が公布されて人や物への統制は厳しいものとなった。綿製品は軍隊のみで、私たち国民の手には入らなくなった。三九年には教師は教え子を満蒙開拓団や青少年義勇軍に行くよう説得する義務を負わされ、それができないと戦地に行かされるという。私の恩師は男女平等と心の自由を教えてくださったが、すぐに兵隊に引っ張られ、駅頭での悲しい別れとなった。

一九四一（昭和十六）年には生活必需物資統制令が公布され、食料品は配給制・外食券制となった。市内の食堂で食べられるのはうどんとすいとんのみとなった。労働組合はすでに前年に解散させられていて、産業報国会に一本化された。民間では部落会、町内会、隣組、婦人会が制度化された。住民は回覧板で行動を規制され、婦人会は各戸を監視する役目を果たした。防空演習への参加、竹槍で藁人形を刺す訓練などの強制で、体の弱い者、障碍《しょうがい》のある者はつらい思いをした。

町々が戦争一色になったある日、同級生のお兄さんが軍隊から逃げ帰り、家族の前で銃殺された。町の人々はその家族を非国民だとして、村十分（火事になっても家人の葬式にも知らぬ顔。近所付き合いをすべて断たれる）にした。

一九四三（昭和十八）年、第二乙種合格の兄に教育召集の赤紙が来た。壮行会で兄は「不肖身命を捨て陛下のため戦ってまいります」と言い、「勝ってくるぞ」の歌と日の丸の旗に送られて横須賀海兵団に入隊した。

その兄がその年の秋、玄関に現れた。二時間の外出が許されたので挨拶に来たとのこと。あいにく父母は姉の結婚式で留守だった。兄は肩を落とし、近所の親しい小母さんに声をかけて走り去っていった。横須賀からここまで一時間。どんなに急いで戻ったとしても間に合わない。憲兵に見つかれば脱走兵として殺されてしまう。私は兄の無事を祈るしかなかった。

四四年六月のある日、父からの電報が会社に届いた。それにはすぐ帰れとだけあった。不安の思いで胸を騒がせながら家に帰ると、両親は人気《ひとけ》のない畠にいた。父は涙いっぱいの顔を空に向け、「兄ちゃん、死んだよ」と言った。母は座り込んでいた。

この二月、輸送船で南方に送られて島に上陸したが、その直後、米軍の爆撃に遭って戦死したのだという。去年の突然の帰宅は家族に別れを告げるためのものだったのか。私は兄の心を思った。

やがて遺骨が還ってきた。町内の盛大な迎えを受けたが、箱には写真が一枚入っているだけだった。

●●●戦時下の暮らし●●●

衣料切符は一人一〇〇点であった。上着、下着をそろえるにはその点数では足りないので、着られるものは何でも繕って着た。食糧にいたっては大家族のわが家にわずか十センチ足らずの大根では途方に暮れるばかり。そのため野草でも何でも食べた。

七歳の弟と買い出しに行った折、さつまいもを背に負い、両手にも持てるだけ持って歩いていたところ、不意に大声で怒鳴られた。警官だった。さつまいもはその警官にすべて取り上げられたうえ身元を調べられ、そうして追い返された。

追い返されても家族を思うとそのまま帰るわけにはいかないので、夜を待って再び農家に戻り、残ったお金で分けてもらった。疲れと空腹で泣いている弟を励ましながら、十キロの夜の道を家に急いだ。弟は栄養失調のため体中に湿疹ができ、お腹はポコンとふくれていて、餓死寸前であった。その状態で十キロの道を、しかも夜。どんなにか苦しくつらかったことだろう。

日常の言葉も統制され、息苦しさは日一日と増していった。英語はもちろん、野球用語、音楽など、外来語は日本語に置き換えなければ白い目で見られた。町のあちこちには「欲しがりません、勝つまでは」「贅沢は敵だ」のポスターが貼られ、婦人会が監視していた。女性にはもんぺ着用が義務づけられたが、うっかりスカートで出かけて憲兵に捕まったこともあった。前を歩いていた人が不意に憲兵に連行されたので横にいた人にわけを尋ねると、「あの人、戦争は嫌だと言っていたようだ」とのこと。

疎開道路の線引きがわが家の隣と決まった。疎開道路というのは、狭い道路沿いの家々を取り壊して道幅を広くした道路のことで、空襲による火災の延焼を食い止めたり軍用車が通りやすくしたりするのが目的だった。

隣の小母さんは私の兄の戦死の折、「子どもがたくさんいるから一人くらいいいじゃない」と言い放って母を怒らせた人だった。その小母さんは自分の家が疎開道路になったことに憤慨し、ぶつぶつ文句を言いながら引っ越していった。その後小母さんの家を含む表通りの商店街はがらがらと取り壊されてしまった。

空襲が激しくなり、学童疎開が始まった。田舎に縁故のないわが家は、国民学校五年の妹が神奈川県の秦野に集団疎開することになった。妹は嫌がったが行かないわけにはいかなかった。

何日かして両親とわたしとで疎開地を訪ねた。妹は元気がなかった。しきりに頭や体をかいているので髪の毛をかきわけ、さらにシャツの裏側を見ると虱《しらみ》だらけだった。周りの子どもたちも同じだった。わたしたちは妹の毛虱を取ったりシャツの蚤《のみ》をつぶしたりしてあげることしかできなかった。妹が哀れでならなかった。

心も足も重く家に帰ると、十五歳の弟が勤労動員先のアサヒガラスで腕を負傷し、青い顔をして寝ていた。全治二か月という。そこへ十三歳の弟の動員先の日本飛行機から連絡が入った。駆けつけると、指を二本落として入院していた。軍医の話では、落とした指をすぐに拾って指につけたが、骨はついても神経はつながらないだろうとのこと。そして弟は戦後もずうっと冷たい指に悩まされつづけた。弟も哀れだったが、手の甲を潰してしまったと泣いていた同室の子もまた哀れだった。

●●●空襲に追われて●●●

空襲が頻繁になっていった。毎日のことなので、寝る時も昼の服装のままで横になっていた。

ある夜、警報がウーウーと鳴った。いつもとは違う警報の激しさに跳ね起きた私たちは、怪我をしている二人の弟を気遣いながら山の防空壕へと走った。父はご真影を守るために学校へ駈けて行った。市内のあちこちに焼夷弾や爆弾が落とされ、低空飛行の艦載機からはひっきりなしに機銃が掃射された。私たちは必死の思いで防空壕にたどり着き、飛び込んだ。

朝を迎え、ぼうっとした頭で会社に出勤した。若い人は兵隊に引っ張られていたので、社内には年配の社員しかいなかった。その頃になると四十すぎの人にも赤紙が来るようになっていたから、なおのことであった。その年のいった課長たちは、警報が鳴ると座布団を頭にかぶって地下室に急いで降りていった。

一九四五（昭和二十）年三月十日。未明の大空襲が去り、夜が明け、朝になった。空襲のなかった横浜から出社したが、さすがに出社する人は数えるほどであった。出社しても仕事どころではなく、何人かが焦土となった下町まで様子を見に行ったが、夕方帰ってきてもただ首を振るだけだった。

横浜への大規模な空襲は五月二十九日のことだった。

午前九時二十二分、米軍機が大挙襲来した。それは三月十日の東京大空襲を上回る空襲だった。B29五一七機、P51戦闘機一〇一機と、東京大空襲の約二倍の数のうえ、落とした焼夷弾は一・三倍の約四三万発といわれるすさまじい空襲であった。

空を真っ暗にしたかに見える編隊がわが家の上空をおおったかと思うころ、市街地は爆弾の破裂する音や立ちのぼる煙で騒然となった。身動きもできないでいると、市街地に向かったうちの一機が戻ってきて、根岸の町に焼夷弾をばら撒いた。あちこちで火の手が上がった。私たち家族は防空壕に逃げ込もうとしたが、そこにはすでに海軍の軍人さんと奥さんらしい人が避難していて入れない。妹の手を引いて逃げ場を探したが前方の市街地は炎と黒煙が渦巻き、後方の隣町から川向こうまで同じような状態で逃げ場を失った。

とにかく、火のないところ火のないところと逃げ回っているうちに妹とはぐれた。気がつくと私は道路に座り込んでいた。ガード下やトンネルに逃げた人は生きながらに焼き殺されたと後で聞いた。家にまた戻るとわが家は無事だったが、隣町は全滅だったという。空襲は一時間余で終わったが、市域の三分の一が焼け野原となり、市人口の三分の一が被災、一万人前後の人が亡くなった。

そんな混乱のなかで私は出社しようとしていた。今考えても正気の沙汰と思えないことだが、どうしてかそうしようと思って駅に向かった。駅は焼失、電車は走っていなかった。東京に向かうというトラックに便乗させてもらって東京に向かった。京急黄金町駅近くまで行くと、異様な臭気があたりを包んでいた。駅の改札口のあたりには生きながらに焼かれて死んでいった遺体が堆《うずたか》く折り重なっていた。明日はわが身と、心の内で手を合わせた。

やっと会社にたどり着いたが、仕事が手につかない。帰ろうにも電車は止まったまま。そこではじめて私は、こんな時になんで出社してしまったのかと、自分の行動の愚かさに気づいたのだった。

兄は南方で戦死。従兄は上官に訓練棒で胸を突かれたの原因で胸を患って病死。母方の叔父は身重の妻と三人の子を遺してサイパンで戦死。父方の叔父二人は小さい従弟を見舞った日に空襲で死亡。私は横浜大空襲で左顔面に傷を負った。

八月十五日、「玉音放送」を聞いて私は思った。「一億玉砕」と言わしめたのは誰か。もっと早くに戦争をやめていたら、私たち国民はつらい思いをしないですんだのに、と。

子どものとき、戦争があった

おちあい　みさお
●一九三三年三月、愛媛県新居浜市に生まれる。八十三歳。
●現在、愛媛県新居浜市在住。

生きるために

太平洋戦争がしだいに激しさを増していくにつれ、日常の生活の中から「食べ物」が姿を消していきました。明治生まれの祖母が使っていた木製の米櫃《こめびつ》はからっぽになりました。

父が兵隊にとられていましたので、母は住友化学の工場に働きに出ていました。その帰りに母は母の里に寄ってお米を分けてもらっていました。実家が海辺近くの農家でしたので、何日かに一度、回り道をして寄ってお米を一升ほどゆずり受け、それを布製の袋に入れたうえで懐に隠して六キロの道を帰ってくるのでした。懐に隠すのは巡査に見つかれば取り上げられてしまうからでした。

ふだんは丸麦を一升瓶に入れて、瓶の口から棒を通して搗《つ》きます。それはわたしたち子どもの仕事でした。丸麦ばかりではパサパサとしていてますので、炊いても決しておいしいものではありません。そこで、麦十に対してひと握りの米でつないで炊いてご飯にするのですが、それでもおいしいと思ったことはありませんでした。ただ命をつなぐためのものでした。

食べる量も限られていました。直径三十センチほどの大きなお櫃の底は三つに区切られていました。祖母とわたしと妹のための区分で、量はお茶碗一杯ほどでした。

母はわたしたちが朝ご飯を食べるころにはもう工場に出勤していて、三つに区切られたご飯を見るたび、母はちゃんと食べてから勤めに出ていっているのだろうかと子ども心に思ったものでした。

女学校に持っていく弁当ももちろんその麦が大半の麦飯弁当でした。弁当の真ん中に梅干しが一個の「日の丸弁当」でした。友だちの中には白米のご飯に水をたっぷりと入れてお粥（「ほたるがゆ」と呼んでいた）にし、それを水筒に入れて持ってくる人もいて、「どちらがおいしいのかね」などとささやき合ったりしたものでした。どちらの弁当にしろ空腹を満たすにはほど遠く、お腹がグウグウ鳴るのをがまんする毎日でした。

わたしどもは当時、住友銅山の労働者住宅に住んでおりました。一棟十軒の長屋で、数十棟が整然と並んで建てられていました。長屋は一区から六区に分けられていました。一区九十軒ほどで六区ですから五百数十軒のちょっとした町といえるほどの集落になっていました。社員は地下何千メートルのところで銅坑を掘っていました。銅は軍需産業にとって欠くことのできない必需品ですから、当初は兵隊にとられることはありませんでした。父は強度の近視で、徴兵検査で乙種とされていましたので、仕事は地下ではなく太陽の下で働いていました。

戦局がきびしくなり始めると、乙種の者も徴兵するようになりました。戦争が長引いておびただしい数の戦死者が出、兵隊が足りなくなったのです。父は満州（中国東北部）に送られました。わたしたちは、祖母、母、女学生のわたし、国民学校生の妹の四人と、女ばかりの家族になりました。

当時、情報源といえば新聞でした。その新聞に、闇米を買うことを潔《いさぎよ》しとしない大学の先生が栄養失調で命を落とされたという記事が載っておりました。この話はわたしたち女学生

左から、妹、祖母、母、いとこ、祖父、小3の筆者

の間でも話題になったほどでした。空腹と栄養失調。身につまされる話題だったのです。

祖母がある日突然、警察に拘留されました。闇米を買って食べた、というのがその理由でした。ご近所は気の毒にとささやいていましたが、わたしたちと目を合わせるのを避けていました。わたしたちは肩を寄せ合って祖母の身を案じていました。

三日目に祖母は帰ってきました。祖母は気丈な人でした。帰ると憤懣《ふんまん》やる方なしという様子で、

「これは見せしめだ。男がおらんと思って、女だけだと思って馬鹿にしてわしを捕まえたのだ。闇米はゴマンという人が食べているだろうが。闇米を食べなければみんな死んでしまうでないか」

家族に言い聞かせるというより、やり場のない憤懣をわたしたちにぶつけているのでした。

「おまえたちのお父さんは兵隊にとられてお国のた

めにつくしているんだから、本来ならそんな家族を大切にしなければならないんだ。馬鹿にしてる！」

大きな声でした。ご近所に聞こえはしないかとわたしたちが心配したほどでしたが、いっぽうで祖母の言い分には一理あるなあと聞いておりました。今思えば、警察でどんなやりとりがあったのか、よく聞いておけばよかったと悔いております。

草持参の調理実習

その当時は自給自足があたりまえで、少しの空き地があれば土を耕して畑にし、大根やさつまいもなどを植えて飢えをしのいでいました。さつまいもは蔓《つる》まで副菜にして食べました。祖母は暮らしの知恵者でした。彼岸花の球根には毒がありますので、晒の袋に入れ、田んぼの用水路に石を重しにして一週間ほど晒します。すると毒は水に洗い流されます。それを擂《す》り鉢《ばち》ですりつぶし、少しのメリケン粉でつなぎ、団子にしたりして食べました。

女学生の調理自習は草持参でした。あるときの実習では、先生にスベリヒュウを採って持ってきなさいと指示されました。住宅の近くには鉱山の守り神の社があり、その石垣に生えていたのを採りました。茎はちょうどさつまいもの蔓に似ていて細長く、根っこは小さい髭《ひげ》のようでした。葉は指先の大きさの円形で肉厚、美しい真緑をしていました。それが石垣にへばりついているのでした。わたしはそれをバリバリと音を立てるかと思うほど力を入れて引き抜きました。

そのスベリヒュウをどのように調理したか、どんな味がしたかまったく覚えていません。ただ、スベリヒュウという草は食べられるのだという記憶だけがはっきりと残りました。

汽車通学と捕虜

わたしたち家族の住んでいる町は新居浜市の南山手に位置していました。女学校は北西の海の方向にあり、ほとんどは住友鉄道の汽車で通っていました。鉄道のおもな任務は掘り出した鉱石を海辺の工場に運ぶことでしたが、貨車のほかに客車も二両か三両連結され、社員や住民の足にもなっていました。機関車はドイツ製でやや小型でしたが立派な機関車でした。今も守り神の社の境内に安置されています。

わたしたちは山根という小さな駅から学校に通っていました。

その通学時、わたしたちの乗る客車とは別の貨車に乗せられている十二、三人の捕虜としばしば居合わせました。噂ではオーストラリア人とのことで、みな大男で日本男子の一・五倍はあろうかと思われました。彼らは汽車が停車している間に点呼を受けていましたが、彼らの動きはそれとわかるほどに緩慢としていました。引率の憲兵がいらいらして「早くせんかい」と大声を上げ、革のベルトを振りかざしたり、ビシッと鞭打ったりしていました。わたしたちは自分が打たれでもしたように顔をそむけたり、本に目を落としたりしていて、誰も声を出しませんでした。

捕虜たちがどこへ連れていかれるのか気になって母に訊《たず》ねると、彼らは母の勤めている住友化学の工場で、肥料の硫安入りの叺《かます》を運ぶ仕事をさせられているのだということでした。

母は勤めから帰ってくると、「気の毒になあ。本国に帰れば奥さんも子もいるだろうに」とつぶやいていたことがありました。「ああ、わたしの母はほんとうにやさしい人なんだ。自分の身と合わせて思いやっているんだろうなあ」と思ったものでしたが、わたしは軍国少女に染め上げられていましたから、そんな言葉が母の口から出ると慌てて母の口をふさいでこう言ったものでした。

「お母さん、何言いよん。そんなこと言ったら憲兵に連れていかれるよ。言ってはいかんよ。言わんといて」

祖母のように母まで連れていかれたらと、それが心配でした。当時、「壁に耳あり障子に目あり」と言われていて、みんな滅多のことは言わないよう口をつぐんで暮らしていましたから。

当時、女学生も竹槍訓練をさせられていました。米英人を「鬼畜米英」と呼び、彼らが攻めてきたら女学生も竹槍で戦って突き殺すのだと訓練させられていました。

竹槍は物干し竿を切って作ったもので、握るのにも苦労するものでしたが、わたしのそれはちょうど握りやすい太さのうえ鉋《かんな》がかけられていましたので、見た目にもきれいで形よげでした。人を殺す道具をそのように思うのは不謹慎なことではありましたが、そんな思いが頭をよぎったのを今も覚えております。

●●●空襲●●●

四国はB29の通り道でした。太平洋上の航空母艦や南の島から発進した米軍機が何度も何度も数え切れないほど通過していきました。そのたびに警戒警報のサイレンが鳴り響きました。そのうちに愛媛県も爆撃されるようになりました。松山、宇和島、今治の街がやられました。

わたしたちの住んでいる新居浜市と今治市とは四十キロほど離れていますが、その今治が空襲に見舞われたのは一九四五(昭和二十)年に入って四月二十六日、五月八日、八月五、六日の三度で、最後の八月が最も被害が大きかったとされています。

八月五日午後十一時半ごろ、空襲警報が鳴りました。母が家族を叩き起こし、身支度をして風呂敷に包んでおいた着替えを背にくくりつけ、外に飛び出しました。

「あなたは長女だから一番先に行きなさい。自分は祖母と妹を連れて後で行くから」の声に押されて、どこで落ち合うのかも確かめる間もなく外に飛び出しました。そしてわが家から五百メートルほど先にあるわが家の防空壕に向かって走りました。そこにはたくさんの防空壕が掘られていましたが、人っ子一人いません。その心細いことといったらありませんでした。後から来ると言った母も祖母も妹も待てど暮らせどやってきません。

わたしは落ち合う場所を決めないで飛び出した自分を恥じました。そして防空壕に入らずに四つ辻で立ちすくんでいました。落ち着いてくると、家族が来ない理由をあれこれと考えました。

空襲は日をまたいだ六日午前二時ごろまでつづきました（不幸中の幸いと言っては申しわけないことですが、この夜、新居浜はひどい空襲には遭わないですみました。後日大人たちは、新居浜には捕虜がいるから爆弾を落とさなかったのだと噂していましたが、市内の北西方面には何発かの焼夷弾が落とされていました）。

空襲が去ったことを見計らってから家に戻ると、わたしの勘はあたっていました。やはり祖母は頑として逃げることを拒んだのでした。自分が一緒では足手まといになるから母と妹に逃げるように言う祖母と、一緒に逃げようと説き伏せている母。そのうちに逃げる機会を失ってしまったのでした。

この夜の空襲で今治では四五〇名を超える人が亡くなり、全焼家屋は八二〇〇余戸、罹災者は三万四〇〇〇名を数えました。

●●●終戦そして父の帰還●●●

その日わたしたち新居浜高等女学校の女学生たちは、運動場に防空壕を造るための松の原木を城下《しろした》地域から運んでくることになっていました。三、四年の上級生は軍需工場に動員されていましたので、わたしたち二年生は一年生とともに学校から約三キロのところにある城下まで徒歩で行き、そこで直径二十センチ、長さ二メートルほどに切った原木を物色。二人ひと組みになってかつぎ上げ、学校まで行進です。そのときの相棒が誰であったか。

三キロの道はとても長い道のりでした。途中肩が痛くなると肩を入れ替えて行進。体力のない女学生にとってはたいへんな重労働でした。学校が近くなったころ、先生たちがなぜかあわただしい動きをしていました。わたしたちが校門に入っていくと、「急いでーっ。運動場に原木を置いたらただちに家に戻ってラジオを聞いてください」と先生がなっていた。

わたしたちは学校から二キロほど先の星越駅に走りました。駅前に着くと広場に机が出され、ラジオが置かれていました。正午、ラジオから日本放送協会の放送員（アナウンサー）の声がして起立を求め、その後に情報局の某《なにがし》の声があって君が代が鳴り、それから生まれてはじめて聞く天皇の声が流れました。わたしたちは頭を垂れて聞きました。しかし音声はピーピーガーガーと雑音だらけで、よく聞き取れませんでした。

放送が終わると大人たちは真剣な面持ちで駅構内に引き揚げていきましたが、わたしたちは何がなんだかわからないので、「何かおっしゃったん？　あんたわかった？」などとささやき合いました。けれども、誰一人確かな解答は出してくれませんでした。

家に帰りましたが誰もいません。みんなを待つ間、外の掃除をしていると、同じ社宅の友だちの西森さんがやってきて、「ワーさん（わたしの愛称）、日本は戦争に負けたんと」と言った。

「だれが言ったん？」と問い返すと、「二勤（交代勤務のこと）に行くお父さんが言いよった」とのこと。

ほんなら本当だねえと、わたしは友だちの言葉を信じました。そして、電灯に黒い布をかけなくても本が読めるんだと、心の中で歓声を上げました。

祖母や母の言うところによると、父は満州にいたので、生きているとすればソ連に抑留されたかもしれないという。ところが父は本土決戦に備えて鹿児島に送られていたことがわかりました。

その年の十月二十五日、父が復員してきました。その日、どのように父を迎えたか、父の様子はどんなであったか思い出すことができません。が、たぶん、わたしも母も祖母も妹も声をあげて泣いていたのではなかったか。はるか七十年前のことですが、忘れるはずのないその日のことを思い出せないのはなぜでしょう。

父は仕事に復帰しましたが、世の中の流れについていくことができないためか、いらいらして母を定規でしばしば叩くことがありました。やがて元の温厚な父に戻りましたが、それもこれもみな戦争によるものだったと今は思います。二人が鬼籍に入って長い月日がたっていますが、もっとあの時代のことを聞いておけばよかったと後悔しております。

伝えたい平和の尊さ

わたしは今年三月で八十三歳を迎えました。

去年のこと、新聞を見ていると、その新聞の隅っこに「早乙女勝元監修　戦争体験手記集応募〆切せまる」という虫眼鏡で見ないと読めないほどの小さな活字の一文が目に飛び込んできました。

わたしはあの時代を過ごした一少女として、その当時の出来事を書き残しておきたいという思いにつき動かされました。

それというのも、新年早々から新聞・テレビが報じているように、首相が「改憲に意欲を示している」ことにキナ臭さを通り越してコゲ臭さを感じたからでした。なんとかしなければと思いました。老齢のわたしにできることは限られていますが、声は上げつづけなければの思いは人並に持っております。

四国にあって大きな戦禍にも遭わないで戦中を過ごしましたが、身の回りでは見えないけれども恐ろしいことがたくさん起きていました。それらをつづることで、「やはり戦争はイヤだ!!　未来に育ちゆく子どもたちには平和な世の中を渡していきたい」という思いを戦争を知らない若い方々に伝えてまいりたいと願っております。

あの戦争に翻弄されつづけて

木崎《きざき》 智《さとし》

●一九二七年六月、熊本県球磨郡に生まれる。八十八歳。
●現在、熊本県人吉市在住。

●満州の電報局へ●

私は金融恐慌のさなかの一九二七（昭和二）年、熊本県球磨郡に生まれました。一九三一（昭和六）年、満州事変が始まり、三七（昭和十二）年には日中戦争が勃発。ひきつづいて四一（昭和十六）年には太平洋戦争に突入と、少年時代は戦争から戦争の時代でした。四二（昭和十七）年三月三十日、熊本県球磨郡木上高等尋常小学校を卒業しましたが、家にいては徴用で軍需工場に引っ張られるということで、担任の武田先生から、昨年卒業した吉谷さんが満州電信電話株式会社のハルピン中央電報局で働いていて、内地では給料三十五円のところ七十円以上もらっていて待遇がよく、しかも楽しく働いているのでその会社に行ってはどうかと勧められました。それならと、私は満州（中国東北部）へ行くことを決意しました。

現地に行く前に一年間、大阪府河内郡牧岡市（現布施市）にある会社の通信学校で教育を受け、翌四三（昭和十八）年四月、ハルピン中央電報局に勤務が決まりました。牧岡の学校からは私のほか静岡県出身の谷口君、福岡県出身の吉田君ら九名と、旅順養成所から熊本県出身の平山君西田君ら十八名、計二七名が同期入社でした。ハルピンの独身寮では同郷の平山君と同室になれ、ほっとしたりうれしかったり。おかげでホームシックにかかることもありませんでした。

配属されたのは通信課で、初任給は七二円でした。半分は親元に送金したことを覚えています。

私の仕事はトンツートンツーと電鍵をたたいてその音響で送受信したり、タイプライターで受信したりという仕事でした。通信課の勤務員は百五十名ほどで、三交代で働いていました。三交代は日勤、長勤、徹夜の三つで、徹夜明けは休みでした。次の日が日曜日と休みが連続する時などは徹夜明けの帰りに映画館で仮眠をとったり、松花江《しょうかこう》に行って遊んだりと、結構楽しく暮らしておりました。上司が熊本出身の谷口主事であったのも大変助かりました。

独身寮はハルピンの市内から歩いて一時間はかかる沙曼屯《さまんとん》という郊外にありました。一部屋に二人で、八十人ほどが居住しておりました。先輩後輩の序列制度があって、先輩には絶対服従というきびしさの半面、毎月誕生会があって酒も出、無礼講で隠し芸などを楽しんだものでした。寮長はこれまた熊本出身の川久保倉次さんで、先輩の吉谷さんも一緒でしたので気が楽でした。

通勤途中、中国人の集落を通りますので、タバコとマクワウリを交換したり、ロシア人の店でゼリーを買ったり、ヒマワリの種を加工したものをかじったりしながら通ったものです。

恵まれ楽しかったのは一九四五（昭和二十）年春の徴兵検査までで、これを境に状況は一変しました。

●●●徴兵検査・入隊そして敗戦●●●

これまで二十歳での徴兵検査が十九歳に引き下げられ、ハルピン中央電報局からは二十九名が受けることになりました。

その当日、体格検査の後、全身素っ裸にさせられ、婦人会の女性たちの前で軍医による性

徴兵検査（屈辱的ないわゆるＭ検）

病検査（いわゆるＭ検）を受けさせられた時の恥ずかしさと屈辱は今もって忘れることができません。私は痩せていたので乙種合格となり、これで兵役を免れたとひと安心したものでした。

徴兵検査から少し後、関東軍通信隊に派遣されて帰ってきたばかりの局で一期先輩の紅谷さんと私は、中国人二十名の教育係として教務室に移転させられましたが、これが運の尽きで、乙種合格の私まで召集される身になりました。それまで召集令状が来たのは甲種合格の飯田君、中山君、小林君ら十一名だったのですが。

私は奉天（現瀋陽市）に派遣されることになり、敗戦前日の八月十四日夕、ハルピン駅を出発しました。見送りは一人もいませんでした。座席は満鉄の人や四十歳くらいの年輩の人と一緒でした。その年輩の人は教育勅語や軍人勅諭を暗誦するのに必死になっていました。諳《そら》んじていないと入営後に上官や古兵たちによる私刑というひどい仕打ちが待っていることを知っていたからです。

十五日の明け方、列車が急停車しました。誰やらが「馬賊が来たらしい」と言っていましたが、それらしい襲撃はなく、しばらくそこに停車したまま何時間かが経ちました。待つうちに、やがて引率者から敗戦が告げられました。「やっぱりそうだったか」「畜生」と憤慨する声が飛び交いましたが、「これからどうなるんだ」という不安の半面、「ほっとした」という面もありました。

「このままだと中国人に襲撃されるぞ」ということで、引率者にすぐ引き返すように迫りました。将校たちは平静でいるようにと言っていましたが、内心動揺があったようでした。

私たちは満鉄の人の運転でハルピンに引き返しました。戻ると、市内は関東軍が警備していて、平静を保っていました。そうしたなか、吉川電報局長より市街から少し離れた友誼路《ゆうぎろ》街《がい》にある幹部クラスの社宅で一家殺人事件が発生したということでその警備を命じられました。私たち十二人は小銃を渡され警備にあたりましたが、一週間ほど経ったころ、武装解除し解散するようにとの伝達が局から届きました。

すでにソ連兵による電報局占拠、治安維持という名目での日本人狩りがおこなわれているという噂を聞いていましたので、私はタバコ一箱と交換に中国人から中国服をもらい受け、それで変装して寮へ帰ることにしました。ところが、別の中国人に密告されたらしく、変装姿で寮に向かい始めてすぐ、ソ連兵に銃を突きつけられ、南崗《なんがん》の憲兵隊本部へ連行されました。そこは関東軍の憲兵隊本部だったところでした。

当時、電報局の職員はある程度行動の自由が認められていると聞いていましたので、「テレフォン、テレグラフ、ラボトニック」と、電報局に関係のある英語やロシア語を言うと、この舌足らずなロシア語が通じたらしく、ソ連軍のジープに乗せられ香坊の元七三一部隊の兵糧倉庫跡に連れていかれました。

そこには開拓団の難民や日本人狩りで連れてこられた人が二百人近く収容されていて、幼い子から老若男女、いろいろでした。

●●●転々の日々●●●

次の日、牡丹江《ぼたんこう》行きが告げられました。牡丹江までは約二百五十キロあるのですが、徒歩での牡丹江行きでした。

行く先々の道端には軍服姿のままの日本兵や馬の死骸がそこここに横たわっていて、腐臭を放っていました。それをなるべく見ないようにと、私たちは目をそむけながら徒歩行を続けました。疲れ果てて野宿するのは小さな森の中。夏といえども夜は冷えるし、口に入れる食料はゼロに等しい状況でしたから、寒いのと空腹とで眠ることもままなりません。それでも疲れと眠気には勝てず、いつの間にか寝入ってしまったものです。

次の日も同じでした。塩をなめなめ、それでやっと命をつないでいたようなものでした。その夜も森で野宿をし、三日目の昼頃、やっと関東軍収容所にたどり着きました。空腹と疲労とで私たちはふらふらでしたが、収容されている関東軍の方から米をもらい、飯盒《はんごう》を借りて飯を炊いてやっとのことで食事らしい食事にありつくことができたのは幸いでした。

翌日、私たちは牡丹江の関東軍司令部跡地に連れていかれ、そこで全身消毒をさせられました。私は民間人ということでハルピンに戻されましたが、多くはそのまま列車に乗せられました。

ハルピンに戻るとすでにそこは八路軍が統治していて、寮は中国人に占拠されていました。やむをえず私は、それまで日本人は立ち入りできなかった中国人だけの街道外の中国人の食堂に住み込み、皿洗いをしながら帰国できる日を待つことにしました。

この食堂の経営者は日本人に理解があり、しかも調理人が徐さんという日本語が少し話せる人でしたので、その人の指示に従って皿を洗ったり、豚肉の脂肪だけを煮立てて油を作る作業に従事しました。

寝泊まりは徐さんと一緒で、中国語を習ったり、中国の新聞の読み方を教えてもらったりしました。休日には別の食堂に連れていかれ、酒を飲んだり国民党のスパイの話をしたりして楽しくさせてもらいました。

一九四六（昭和二十一）年九月、いよいよ待ちに待った引き揚げが始まりました。ところが、私たち電報局の者たちは留め置かれることになってしまいました。

巷間いわれているところでは、民主連盟（八路軍に属していた日本人の組織）が「牡丹江に留まっている傷痍軍人を連れ帰ってほしい」と電報局の工藤管理局長名を騙《かた》って私たち若手の職員を寮に集めたのでした（この寮は管理局に近い南崗の電報局の寮でした）。実際はそうではなく、私たちをそこに集めて中国で留用するための口実でした。そのことがわかると、工藤局長夫妻はじめ大先輩の中村、田中さんら数名が、若者だけ中国に残すことはできないと、共に中国に留まりました。

私たち約四十名は牡丹江の奥地・東安《とうあん》に連れていかれました。そこには八一部隊、陸軍病院、被服廠、軍工部などがありましたが、若い私たちは軍工部に属して元関東軍慰安所跡を工場にする仕事に従事させられましたが、工藤局長夫妻や家族持ちの年輩者は別の地方へ移されました。

軍工部にはほかに理研工業などの技術者約百名ほどがいました。日本人を管理するのは民主連盟の岡部という人で、兵舎跡に分散して宿泊する私たちを監視していました。彼はいちばん若い私たちの宿舎のそばの宿舎に寝泊まりしていました。

私たちは鍛冶屋組、事務所組、供給所組などに分けられましたが、特に技術を持たない私ら十五人は兵舎の取り壊し作業に従事させられました。頭は王さんという日本語の話せる人で、その人の指示で働いたのですが、一日二棟を壊せばその日の作業は終わりというわりと楽な仕事でした。

取り壊しが終わると、酒井さんという製材技術のある人の指導で製材所を造り、そこで大きな丸太を大鋸で角材や板にする仕事をすることになりました。笠利君と私は丸鋸の係で、鋸の調整法などを教わったり、それなりに面白いものがありました。この仕事はほかに平山君、西田君ら一期下の人たち十五人も一緒でしたから気楽な面もありました。

住居の元兵舎には三十人ほどが一緒に暮らしましたが、仕事が終わって帰れば騙されて連れてこられたことへの鬱憤《うっぷん》と、これからどうなるかという不安や不満でうつうつとならざるをえませんでした。そんな時には、毎月支給される五元というわずかな賃金から工面して六十度の高梁《こうりゃん》酒で気晴らしをしたものでした。

一九四九（昭和二十四）年六月、瀋陽へ移動となりました。仕事は、電器工業管理局第一廠の工場内の暖房設備を造ることでした。ボイラー技術のある陳さんに教わりながらのボイラーの配管工事や修理などをし、出来上がるとそのボイラー焚《た》きまでしました。中国人の労務者も混じって働きましたので、彼らからはしばしば日本鬼子《リーベンクイズ》となじられたものです。そうなじられても返すことばもありません。そうなじられるだけのことを軍はやったのですから。じっと堪えているだけです。

当時、中国人の多くが文字の読み書きができませんでしたので、学習会では私が中国日報という新聞を読んで彼らに内容を伝える役もしておりました。中国人の食堂で働いていた時に徐さんに習ったことがここで生きたのでした。そんなこともあってか、夏さんという名の管理局長に認められるようになり、中国人の労務者からも信頼されるようになっていきました。

中華人民共和国が成立したのはその年の十月でした。瀋陽には日本人の残留者がまだたくさんいて、帰国できる日を待っていました。そこにはそのような人々によって日本人会が作られ、休日には文化活動がさかんにおこなわれていました。私も演劇発表会や講演会に参加したりするうちに東安で別れたままになっていた同僚の中村、穐山、田中さんらと再会しました。私たちは喜び合うとともに、これでもうすぐ日本に帰れると思っていたものでした。

しかし、一九五〇（昭和二十五）年六月二十五日、朝鮮戦争が勃発。私たちはハルピンより南に二十五キロ離れた田舎にある阿城《あじょう》の日本人収容所に移動させられ、その補修工事に従事させられました。私たちは水道組と製材所組とに分けられました。私、笠利、平山、西田君ら八人には再び製材所での仕事が割り当てられました。

それも束の間、新しく責任者として来た連隊長が私と会計の高地さんを連れてハルピンに移動することになりました。今度は工程公司（建設会社）での労働でした。私は資材課に配属され、以前私が住んでいた寮のあった沙慢屯の住宅建設現場での材料管理がその仕事でした。そこは王孫子という設計者が新しい工法を使って住宅を建設するという特別な現場でしたので、建設資材のセメントや砂利などを確保したり工程公司と連絡をとったりする私の任務は重大でした。

それまで日本人の中で仕事をし生活もしてきましたので、中国人の中に日本人は私一人という毎日には不安がいっぱいでした。が、幸いにも資材課長の張さんは理解のある人で、同室の劉さんも片言の日本語が話せる人でしたので助かりました。劉さんに中国語で資材の名前や交渉の方法など中国流の仕事のやりかたを教えてもらえたのは幸運でした。そのおかげで無事任務を果たすことができました。

ハルピンに来て中国人と一緒に仕事をするなかで、一人の人間として中国の人や朝鮮の人たちの痛みや思いを知り、満州国当時の傀儡《かいらい》政府の事実を見たことで、命の大切さ、人を差別することがいかに悪いことか、暮らしを向上させるためには平和そして自由と平等、民主主義がいかに大切かを学びました。これらのことは、中国という異なった社会体制の中で資本主義の矛盾を学び、信頼と友情にもとづく職場づくりに励みつつ中国社会に適応していくなかで理解するようになったことでした。

引き揚げを断る

一九五三（昭和二十八）年五月、いよいよ帰国の日が訪れようとしていました。ところがその喜びはまたもやぬか喜びとなりました。工程公司の趙所長から、もう少し中国建設に協力してほしいと要請されたのでした。ずいぶんと悩みましたが、建設現場を見てきた私には中国が変化発展する様子を見てみたい、それを見てから帰国してもいいという思いが勝って、中国に残ることにしました。

阿城にいた平山、西田君らはみんな五月に引き揚げることになりました。一行をハルピン駅に見送りに行った時は心が揺れ動きました。何日かは眠れない夜が続いたものでした。

松花江近くの工程公司の第二工程公司に移り住んだ私には四畳半の一部屋が与えられ、給料は幹部並みに支給されました。所長はじめ中国人の職員はそれまで以上に私を大切にしてくれました。経理課には阿城から一緒に来た髙地さんという女性（ご主人は早稲田大学理工学部を卒業した台湾生まれの何徳和《ホトクホ》さんという人で、その頃スパイ容疑で当局に捕らえられていました）がいて、住まいも近くにありましたので、休日などには高地さんと子どもさんを連れて松花江でボート遊びをしたり、ロシア人が経営するダンスホールでワルツを踊ったりなどして、時にめげそうになる自分を励ましていました。

一九五七（昭和三十二）年春、中国人と結婚している残留日本人女性の一時里帰りが始まりました。すると、中国共産党のハルピン政治局の魏局長から趙所長を通して私に、該当の日本人女性に帰国の意思を確かめてほしいとの依頼がありました。

十軒ほど回ったでしょうか。馬家溝《まじやこう》の劉さんには日本人女性との間に二人の子どもがいましたが、

「自分を置いたまま妻を日本に帰すわけにはいかない」

と言って奥さんに会わせることを拒みました。買賣街《ばいばいがい》の徐さん宅では奥さん（日本姓　佐々木）に会うことができましたが、

「両親を亡くしてひとりぽっちでいたところを主人に助けてもらいました。主人との間に小さい子どもも一人いるし、身寄りのない自分はどこへ帰ったらよいのかさえわかりません」

と言って帰国を望みませんでした。帰国の機会が与えられたにもかかわらず帰国することのできない人の苦しい思いとその境遇には胸が痛みました。

あの戦争を忘れない

一九五八（昭和三十三）年五月、私は残留日本人最後の集団帰国でやっと帰国を果たしました。中国に渡ってから十五年、敗戦から十三年という月日が経っていました。

舞鶴港の桟橋を渡り、日本本土に一歩足を踏み入れた時、日本ってなんて美しい国なんだろうとしみじみと思ったものでした。と同時に、十三年間の留用によって失われた青春は再び返ってはこないのだ、という思いも込み上げてきたものでした。

帰国に際しては姉や弟のほか球磨郡錦町役場の岡村総務課長が出迎えてくださいました。その折、熊本駅前のホテルに連れていかれ、県庁の知事代理人という人から、

「住宅も用意するし、仕事も紹介し賃金の補助もするから、これからは地元のためにがんばってほしい」

と激励され、故郷（球磨郡錦町木上）に落ち着きました。

がしかし、事はそう安穏ではありませんでした。

共産主義国の中国からの引揚者ということだけで私は、木上駐在所の巡査によって三年間、見張られることになりました。住所を変えれば変えたで、そこまで来たからと巡査がやって

くるだけでなく、勤めていた矢原家具店の社長の所にまで来て聞き取りをするという徹底ぶりでした。電報局に復職したかったのですが、復員期限の一九四八（昭和二十三）年をとうに過ぎておりましたので、私の名前は名簿から抹消されていて叶いませんでした。そんなこんなで公共機関の仕事にも就くことができませんでした。

帰国した時、父母はすでに亡くなっていて、浦島太郎の心境でした。すべてゼロからの出発でした。

あの無謀な戦争によってもたらされた戦時下と帰国後の思い出すのも厭な体験は、私の中で死ぬまで尾を引くことでしょう。またそのことを私は決して忘れないでしょう。

過去は未来のために

早乙女勝元

手記は鮮烈でリアルで

編集部から送られてきた戦争体験手記は、二一本だった。

執筆者の内訳は、男性が一〇人、女性が一一人で、ほぼ半々ということになる。その年齢は七〇代が四人、八〇代が一三人、九〇代が四人で、もっとも若い人は七三歳。最年長者は故人で、ご存命ならば九五歳か。最多は八〇代で、少年少女期に苛酷な戦争を体験したことになる。

今となっては、戦後という言葉はあまり使われなくなったが、敗戦の日より七〇年が経過している。あの年に誕生した赤子も七〇歳になるわけだから、当時、少年少女だった体験者は、私を含めて残り時間が気にかかる。

とすると、本書の執筆者たちは、心のどこかにラストチャンスを意識して、ペンを手にしたのではないのか。これだけは何としてでも書き残しておかなくては……というつきつめた思いから、遠い日の戦争を記録したものと思われる。その意味では、次世代への遺言のようにも受けとれる。

遠い日の戦争と書いたが、原稿ゲラを前にして次に私の胸をかすめたのは、戦中記録ならいざ知らず七〇年もの歳月を経過した記憶は、はたしてどんなものかという、いささかの危惧だった。一般的にいえば、辛かったこと悲しかったこと苦しかったことなどなど、忘れたいのが人間の本能だし、記憶の濃淡はそれぞれだとしても、靄《もや》か煙霧がかかったように、薄ぼんやりとしたものではないのか。その中から確かな実像をとらえることが、可能かどうかである。

しかし、読み始めるうちに、私はぐんぐんと引きこまれて、やめることができなくなり、当初の危惧はたちまちにして払拭された。どれもこれもまさに「鮮烈」で、昨日のことのようにリアルだった。

では、そんな人生の重大事を、執筆者はこれまでの間に、誰かに語ったり、あるいは文章にしてきたのかどうか、という疑問が生じたが、私の感想は後者だった。なぜだろうか。

忘れることなど絶対にできない被爆の体験ですが、横浜でも横須賀でもずっと話すことはありませんでした。話してもわかってもらえないという気持ちと、もうひとつ、差別的に扱われることへの恐れがあったからです。具合が悪く医者にかかった時も手術の時も被爆の証明書を使わなかったのはそのせいです。

数年前、気心の知れた友人たちに広島出身であることをふと漏らし、被爆の事実を話しました。友人たちは「なぜ言ってくれなかったの」と言いながら、私の気持ちを察してみな泣いてわかってくれました。

引用は広島の被爆者榎本和子さんの手記からだが、彼女は父が四年前に亡くなって、母と祖母、兄と三人の妹さんの七人家族だった。

その日その時は奇蹟的に全員が無事だったにもかかわらず、六歳の妹さんは当日の夕刻、「うちは死にとうないよ」と言って息を引きとる。次いで一家が身を寄せた先で、一三歳の妹さんが亡くなり、戦後になってからは母ともう一人の妹さんが、そして兄が「高熱による火傷と放射線によるがん」で亡くなっている。「広島で学徒動員された女学校の同級生で生存が確認できたのは三人だけ」で、そういうご本人も甲状腺がんの手術を受け、いつどうなるかと不安の日々を過ごしている。

その胸中は第三者には容易に想像できず、「話してもわかってもらえない」と、和子さんは思いつめてきたのだ。しかし、話さなければ伝わらない。伝わらぬままでは原爆の惨禍は風化していくという思いに至って、やっと綴ったのではないのだろうか。

国が始めた戦争はとっくに終わったけれど、戦争が人びとに残した傷痕は今も続いている し、その人の生ある限り疼《うず》き続ける場合もあるのだ、と思わざるを得ない。

看護婦も軍と戦場へ

森藤相子さんは、静岡県生まれで、男子と同じに「お国のために」役立ちたいと、一九四二（昭和一七）年に日本赤十字社の看護婦になる。
三島の陸軍病院に勤務中に臨時召集令状がきて、旧満州の要塞地帯に入る。戦場における傷病兵の治療は軍医や衛生兵の担当かと思う人が多いが、うら若い看護婦たちも軍と共に戦場へ投入されたのである。
勤務中に弟さんが、沖縄戦で戦死したという知らせがくる。「きっと仇を」うつと決心した彼女だったが、戦局は日増しに悪化して、ついに「手榴弾二個と青酸カリが配られる」非常事態になる。「一個は敵戦車に投げつけ、もう一個は自決用でした」とあるが、戦場における死が急接近してきたのである。そして戦死者が続出する日々だった。

やがて秋が来ると、さすがに北満の九月、十月は日本と違って寒い。寒さをしのぐためにはそのための衣服が必要です。死体から衣服を剥がす作業は私たち看護婦の仕事でした。人を生かす仕事のはずだったのに、死体から衣服を剥ぎ取る仕事をさせられるなんて……。しかし、「一人でも多くの人を生かすため」と言い聞かせて黙々と服を剥ぎました。

連日一〇人から二〇人の死者が出て、ついには看護婦の仲間からも犠牲者が出る。婦長も倒れた。彼女自身も発病し、身につけていた時計や万年筆を中国人に託して、栄養物と交換してもらい、やっと死線を乗りこえることができた。生きるも死ぬもそれこそ紙一重だった。本来は非戦闘員であるはずなのに、戦火の中で亡くなった日赤の殉職者の八割（一一六五人）が看護婦だったの資料がある。戦争と看護婦は両立しないし、そうさせてはならないのだと思う。

読んでいて鳥肌が立つような凄惨な手記である。ほかの記憶は歳月と共に薄らいでも、彼女にとっての戦場での修羅場は、いつまでも心から消えることはないのだろう。

忘れられない悪夢

手記の全体を通していえることだが、一九三一（昭和六）年の「満州事変」から始まるアジア太平洋戦争では、最後の一、二年に人命被害が突出している。その例は本書にも多く綴られているが、B29による東京大空襲、沖縄の地上戦、そして広島・長崎の原爆など、みな戦争末期の大惨禍だったから、戦火の被害面に釘付けになるのも無理はない。しかし、アジアの大地から始まる日本軍国主義による加害の実態にも、きびしい目を向ける必要がある。戦火に傷つき殺された人びとは、国内のみならず国の外にもいたのだということ。そこまで想像力を働かせてこそ、戦争の立体像に迫ることができるだろう。

しかし、残念ながら戦闘員として「外征」した将兵らはすでに他界したか、生存していたとしても九〇代になっているはずで、直接の語りも記録化も望み薄である。帝国海軍に召集された私の兄も、先頃八九歳でこの世を去った。戦時下の記録を何も残さなかったのが惜しまれる。

本書の冒頭に登場する高橋國雄氏は一九二〇（大正九）年生まれですでに故人だが、陸軍砲兵隊員として旧満州に派遣されている。

そして八月二一日頃といえば、戦争が終わっているはずなのに、ソ連軍との戦闘中に、朝鮮人兵士三人を脱走兵と見なして処刑することになる。中隊長の命令で、K軍曹が朝鮮兵一人の首を斬り落とし、二人目が「私」に回ってくる。兵たる者、上官の命令とあれば、どうすることもできない。「私」は中隊長から手渡された軍刀を手にして、彼らの前に立ち二人目を斬首した。

その時の頸椎《けいつい》に軍刀の刃が突き刺さった瞬間のあの感触は未だに忘れることができません。恐ろしいことです。それ以来、軍刀を握った両手に伝わった感触は一生涯忘れることのできない悪夢となりました。このことを自分以外の他人に話したのは息子が大学に入ってからのことでした。いまだに夜中に夢にうなされて突然起きることがあります。

高橋氏は亡くなったが、沈黙したまま逝ったのではなかった。大学生の息子に「悪夢」のような記憶を語ったのである。それで少しは気が晴れたかもしれないが、同時に聞き手の息子さんが「私」の継承者になった。氏名は出ていないが、この執筆者は息子さんだと確信した。「私」はほかの誰にも打ち明けずにきたのだから。高橋氏の声なき声はさらに続く。

戦後、平和憲法ができたことで、初めてあの戦争の犠牲者も、そして侵略兵として戦死した者も意味ある「死」になったのだと思います。それを改憲して戦争のできる国にしようとするならば、それは彼らの「死」を「無駄死に」させることになります。

この一節は、あの世にいる「私」から次世代への警句にちがいない。戦争被害者は国内だけではなかったことを伝える大事な記録である。

そして私の平和の原点

読み進めていくうちに、必然的にというか、当然のことのように、私自身の戦争体験の断片が次々と脳裏に浮上してきた。

敗戦を知った炎天下の八月一五日、私は向島区（現墨田区）寺島町にいて、一三歳だった。一億玉砕かとひそかに覚悟していたのに、生きて戦後を確認することができたのだが、これからどうなるかの不安で、目の前がくらくらしたのを覚えている。

その私が、平和を実感したことが二つ。一つは灯火管制解除で、堂々と明かりをつけられる夜がきたことだった。裸電球から黒布をはずして家族の顔を見回した時に、平和は明るい、まぶしいと思った。今夜から地下の防空壕に入ることなしに、ぐっすりと寝て朝を迎えられる感動に手足が震えた。腹はペコペコでも、そのうれしさは最高だった。

二つ目は、平和の実感というよりも確認だったが、翌年の一一月三日、新憲法の公布である。復員してきた兄は教師で教壇に立つ必要から、新憲法の条文をかなり真剣に読んだものと思われる。そして私に教えてくれたのだった。もう日本は二度と戦争はしないし、軍事力もなしだ、丸腰で世界の平和に貢献する使命を持つことになったのだ、と。

これまた、涙が出るほどうれしかった。それならば平和主義を掲げる新日本の建設に私も、と心に誓って、町工場に働きながら独学に励んだ青春の日々。いわば私の原点なのだが、いつのまにやらスタート地点は限りなく遠方に見えがくれし、この国はふたたび戦争への道を目指して、「切れ目なし」の不気味な政策をゴリ押ししている。

たった一九人による一〇分足らずの密室協議で閣議決定された集団的自衛権の容認は、自衛とあるので紛らわしいが、実際は「戦闘」権のことだと思う。その立法化の行く先は、平和国家から戦争国家への転換にほかならず、これぞ明白な憲法違反ではないか。

黙っていたら認めたことになる。

八〇代の急坂にさしかかった私は、民立民営の「東京大空襲・戦災資料センター」(江東区北砂)を軸に、戦争になったら民間人はどうなるのかの実例を語り続け、書き続けている。「炎の夜」の語り継ぎが、戦争への道のいささかのブレーキになるものと信じている。

戦後七〇年は歴史的な節目だが、時にふと考えることがある。一〇年後の二〇二五年は一体どうなっているのかなあ、と。戦争はこりごりだという人たちのほとんどが他界した後のこの国は、もしかして戦前か、戦中か。いやいや、いつまでも戦後のままであってほしいと願う者は、本書を片手に高くかざして、「いつかきた道はまっぴらごめん、次世代に平和を」の一声《ひとこえ》を上げ続けよう。

今ならまだ間に合う、その今に。

（二〇一五年六月）

早乙女勝元（さおとめ　かつもと）

1932年、東京生まれ。12歳で東京大空襲を経験。働きながら文学を志し、自分史『下町の故郷』が20歳で刊行される。『ハモニカ工場』発表後はフリーで、ルポルタージュ『東京大空襲』（岩波書店）が話題になる（日本ジャーナリスト会議奨励賞）。70年、「東京空襲を記録する会」を呼びかけ、同会による『東京大空襲・戦災誌』が菊池寛賞を受賞した。99年に映画『軍隊をすてた国』を製作。2002年、江東区北砂に民立の「東京大空襲・戦災資料センター」オープンに尽力、館長に就任。

主な作品に『早乙女勝元自選集』（全12巻・日本図書センター）、『東京が燃えた日』（岩波ジュニア新書）、『図説・東京大空襲』（河出書房新社）、『空襲被災者の一分』（本の泉社）、『下町っ子戦争物語』『東京空襲下の生活日録』（東京新聞出版部）、ビジュアルブック『語り伝える東京大空襲』（編・全５巻）『ハロランの東京大空襲』新装版『ゆびきり』『私の東京平和散歩』（新日本出版社）、『平和のための名言集』（編・大和書房）『もしも君に会わなかったら』（新日本出版社）新装改訂版『わが母の歴史』（青風舎）などがある。

あこよ つまよ はらからよ

2015年8月7日　初版第1刷発行
2015年9月18日　第2刷発行

監修者　早乙女勝元

発行者　長谷川幹男

発行所　青風舎
〈営業〉東京都中野区中央2-30
〈編集〉東京都青梅市裏宿町636-7
電話 0120-4120-47　FAX 042-884-2371
mail : info@seifu-sha. com
振替 00110-1-346137

印刷所　モリモト印刷株式会社
東京都新宿区東五軒町3-9

ISBN 978-4-902326-50-5 C0095